老家味道

味觉谱

高维生 著

译林出版社

记忆味道的呼唤

高维生

客居北碚期间，我住在十几平方米的斗室，窗外是缙云山。经常坐在窗前向外眺望，看着游走的云雾。室内一个衣柜，一张床，分为两个区域，左侧为休息的地方，右侧堆积一些读的书。每天工作时，将电脑桌搬到床上。

高淳海每天上学，一整天，我一个人在住处，泡一壶茶，品味读过的书，回忆过去的事情。这种状态不错，不需要带笑脸应酬，没有烦心的扰乱。几次来北碚，我每天例行的功课，必须做三顿饭，打扫卫生，逛市场买菜。见识诸多在北方不可能遇到的菜——豌豆片、豌豆尖、新竹笋、折耳根等。吃过重庆的小吃，酸辣粉、老火锅、桂花糖、小面……品尝一些美食，了解当地的风土人情，留下难以忘记的情景。

长长的嘉陵江，躺在宽大的河床上。站在台阶上看着江水，几只游船，如同丢弃的矿泉水瓶。船上的喇叭，吃力地叫嚷，断断续续的电流声，扯拉人的话语。我想象的情景，凝固在江道深处，变作化石的纹路。就在那时，有一个中年妇女，挑着两只竹筐向这里走，不停地吆喝。她卖一种陌生的水果，高淳海告诉我，这叫红毛荔枝。我们买了一些，扒了一只红毛荔枝，将湿润的果子，投进口中品尝。

那年春天，我走下楼，打开仓库的门，掀开一口缸的盖子，看到坛子中，躺着一个苹果，它度过漫长的冬天。取出它的时候，坛子变得空荡荡，冬天结束了。苹果摆在窗台，积贮的香味，在阳光中寻找过去。记忆在光中飘舞，送来一部秋天的短片。我拿起苹果，感受红绸般的滑爽，向冬天告别，因为春天来了。

母亲做的菜，构成童年最美好、最真实的部分。我们在成长中经历很多事情，回味心中那道菜的滋味，有更多的温暖。家常菜化作生命的符号，当我们触摸它们时，和记忆紧密相连。

一棵菜生长于大地上，经过风雨的淋漓，有一天被加工处理，受火的影响变作一盘菜，摆在餐桌上。这一系列过程，不是菜谱所能承载的。一道菜，不了解它的文化背景，只是品尝滋味如何，这等于隔靴搔痒。它是一部活生生的历史。维克多·雨果指出：“每一个家庭都有自己的乡土，一切都使它与乡土紧紧相连；于是，产生了对家庭的热爱和对祖辈的崇敬。”南方和北方的差异，地域的变化，文化背景的不同，对于人的感受不一样。血脉流动的分子，贯穿人的一生。饮食是一种文化，记录的不仅是美味，还是人生的各种滋味。

我在孤独的南方，整理自己的思绪，记下生活中的小事情，写下一些新文字，它和过去的文字汇合一起，形成一本新书。在繁闹的生活中，寻觅一丝宁静。记忆如果是线索，越多越深刻，回忆不止于美味，还有它的颜色、形状、味道，吃时的地点，当时的心情。

“饮食男女，人之大欲存焉”，从古至今，生活中离不开吃。我们寻找的不是味道的记忆，而是记忆的味道在呼唤我们。除了满足基本的生理需求外，更多的是找回失去的时光。体验旧时的那人那事，这些是人生珍贵的东西。多年以后，又回到同一个地方，对过去重演一次。一段经历，一段时光，品尝美食的时光，反映曾经的生活。所以喜欢吃的，一定是美好的，那些不美好的，永远不会触碰。食物的形式不重要，重要的是背后隐含的那些东西。

每一种事物都有复杂性，看似简单的食材，在火的神秘话语中发生化学变化。它们如果是一个词，剖析解开，人们会发现很多的秘密。一道普通的菜，不可能登上大雅之堂，但可以走上千家万户的餐桌，给人留下终生的记忆。它是一代代人摸索出来的经验，一勺油，一块姜，一段葱，一片绿叶，它们搭配在一起，创造出美味的踪影。

这些食材，分布于天南地北，每一种菜的习性独特，一位好厨师，通过他的操作，赋予它新的意义。

一道菜是人的情感展示，吃一种食物，也是新的心路旅程。食物承载过去，揭示未来。尝试新的食物，就是开启新的旅程。

2015 年 12 月 11 日 于缙云山下

目 录

第一辑　吃出味儿

北泉手工挂面

扫码分享电子版

早餐，不少地方以面条为主，各地的风俗习惯不同，文化背景各异，面条的制作工艺也不尽相同。北京的炸酱面、龙须面，山西的刀削面，上海的阳春面，西安的臊子面，武汉的热干面，四川的担担面，济南的打卤面，兰州的牛肉拉面等，各领风骚。

中国、阿拉伯及意大利，都认为面条源于自己的祖先。据文献资料考证，面条的最早文字记录是在中国东汉时期。2002 年，考古学家叶茂林在青海省民和县被地震掩埋的喇家遗址中，发现距今有四千多年的面条，长约 50 厘米，宽 0.3 厘米，由粟制作而成。

饮食是一种文化。来到一座陌生的城市，吃当地美食也自然成为了解当地文化的切入点。在重庆吃了传说中的小面，和内地饭馆卖的小面不同。我居住在北碚，当地有一种北泉手工挂面，别具一格。

清晨起来为自己做一碗北泉手工挂面，非常简单。先是将油烧开，倒入葱花爆锅，不能使用酱油，清汤煮面。北泉手工挂面加工过程中添加了食盐，所以不必再入盐，否则口味偏重。

我喜欢早餐吃面条，汤水一锅，方便快捷。休息一夜，身体消耗大量的水分，吃一碗汤水面条，一样腐乳，一样炸鸡蛋酱，热乎乎的提精气神。我自己在家，清晨这顿饭，三百六十五天不大变化。

一夜的消耗，清晨吃一碗面条，不仅补充了水分，也节约时间。

我在北碚的超市买过多种牌子的挂面。缙云山位于嘉陵江温塘峡畔，古时名字为巴山，是七千万年前燕山运动形成的“背斜”山岭。地方志记载，“4700年前，华夏始祖轩辕黄帝就在此山修道炼丹，因为丹成之时天空出现非红非紫的祥云，轩辕黄帝遂命名为缙云，缙云山因此而得名。”从北碚城区出发，过澄江镇向缙云山上行驶，大约行进五百多米，公路的左边有一家不起眼的店铺。出租车王师傅说，这里卖老字号的北泉手工挂面，值得带些回去，离开北碚就不容易买到。他把车停在路边，我们走进门脸不大的铺面，看到货架上摆着礼盒装的挂面，从包装上知道，不起眼的面条名不虚传。一般的面条，不会有如此豪华的外包装。

游缙云山心情格外好，晚上回到住处，悠然煮一碗老字号的北泉手工挂面。我按照习惯的做法，倒了酱油。由于面条有盐分，煮出的面自然咸，有些不如意，但北泉面的口感，给我留下美好的记忆。

晚饭后，我在网上查阅资料，对几乎天天吃的面条，开始有了深入的了解，知道了它的历史渊源。早期的面条有片状和条状的。片状的是将面团托在手上，拉扯成面片下锅。到了魏晋南北朝，面条的种类增多。《齐民要术》记载了“水引”“馎饦”，“水引”是将筷子般粗细的面条压成“韭叶”形状，“馎饦”是极薄的“滑美殊常”的面片。元朝时出现可以久存的挂面，明朝时有了技术高超的拉面和山西的刀削面；清朝乾隆年间，又有加入菜肴烧焖熟的伊府面，这些都是历史上著名的面条。“五香面”“八珍面”这两种面条，分别将五种和八种动植物原料的细末掺进面粉中制成，堪称面条中的上品，被戏剧家李渔收录在《闲情偶寄》里。

大美食家李渔，不可能吃过北泉手工挂面，自然这种挂面也就不能选入他的书中。独特的地理环境和独特的文化背景，自然会产生独特的饮食文化。以老字号闻名的“北泉”手工挂面，使用一百多年前的酵母，它是面的灵魂，在发酵中有了诗意的变化。缙云山流淌的清泉，揉进面粉中，经二十四小时的发酵，在密合中发生裂变。

北泉手工挂面源于清朝末期，最早名为“水磨面”，也叫“温泉面”。它的制作工艺如同一架运行的机器，齿轮精密地咬合，不能有半点误差。它要经过和面、做坨、醒面、切条、接条、刷油、扯环条、扯堆条、下盆、上棍、扯扑、行槽、上架等十八道工序，花费十几个小时。产出的面条，如丝般细匀，有中心通空流畅，口感滑嫩，咬时劲道舒爽等特点。北泉面除了讲究技术之外，它的配料别处无法效仿。辅料一样不能少，盐的比例搭配是北泉手工挂面的核心技术。1930 年 10 月，北泉手工挂面在重庆农副特产品展览会上获奖，一时名声大振。抗战时期，教育家黄炎培留下“香面条条韭叶抽”的诗句，说的就是北泉挂面。解放初期，在北温泉休养时，刘伯承、贺龙元帅吃过北泉手工挂面，对这种小吃十分感兴趣。贺龙赞誉：“温泉手工挂面生产要扩大，这是我国的民族遗产。”

早在清朝同治年间，北泉水磨手工挂面就备受推崇，曾有过辉煌的时光。它的第六代传承人肖浪帅傅回忆说：“20 世纪 50 年代末，北泉水磨手工挂面曾出口新加坡、印度尼西亚等东南亚国家，辗转至英国、挪威等地，享有盛誉。到了 20 世纪 80 年代至 90 年代初，当时的北泉水磨手工挂面厂将手工挂面制作成每根都只有几厘米长、一斤一把的简装，很是轻便也易携带，所以当时无论是北碚当地人，还是从其他地方来北碚的人，都喜欢带上两把。”

2014 年，离开北碚时，我将“北泉手工挂面”的包装纸展平，带回山东的家中。整理旅行日记，看到它感到格外亲切，不由得想到缙云山，还有味道独特的面条。美味在记忆中长成一株小树，根的触须，扎入心灵的深处。

豌豆尖

豌豆尖是我在北碚认识的蔬菜，对于我这北方人来说，多了一分好奇。卢作孚路的两边，去年有露天菜市场，布满小摊和从乡下来卖菜的人。我每天都来买菜，很少去超市。

卖菜的人大多是用竹筐或者竹背筐。我站在人群里，耳朵里钻满了重庆话。摊上摆的一些菜，我分不清怎么吃，在北方见不到这样的菜。有一次，我看到一位老太太，矮小的个头，一脸的皱纹，眼前的竹背筐不知道是怎么背的。我心情复杂地来到她的摊前，看着筐中不认识的菜，问她菜叫什么名字。她望着我一脸笑意，用重庆话和我说，我听不懂她在说什么。

我的话她没有懂，通过肢体语言，她感觉我是在问菜多少钱。我俩的语言在空中飞来奔去，交谈得热烈，彼此却未弄明白对方的真实意图。一个说重庆普通话的妇女，在一旁插言说道："菜叫豌豆尖，可以清炒，特别好吃。"谢过之后，我买下两斤。

这是我和豌豆尖的第一次接触，一个尖字，回味余长。《诗经》《尔雅》中的"戎菽豆"，也就是豌豆。一粒粒豌豆不大，本事不小。其味甘，性平，有和中下气、利小便、清热解毒的功效。

李时珍在《本草纲目》中记载，豌豆调颜养身，具有"祛除面部黑斑，令面部有光泽”的功效。民间流传一种偏方：将鲜豌豆 200 克煮烂，捣成泥，与炒熟的核桃仁 200 克，加水 200 毫升，煮沸，每次吃 50 毫升，温服，一日两次，能治小儿、老人便秘。豌豆荚和豆苗含有较为丰富的纤维素，有清肠作用，可以治便秘。为防止叶酸缺乏，豌豆也是孕妇不可忽视的食物。

回到住处，将豌豆尖清水洗过之后，控尽水分，按照习惯操作。热锅冷油，投进作料，放进葱花，将豌豆尖放入，不一会儿，一盘爆炒豌豆尖出锅。午饭中，高淳海提出意见：“炒豌豆尖，不能用酱油，要用蒜，不可以炒得太烂。”这几点我一样没少，豌豆尖却以失败而告终，吃起来味道不怎么好。

豌豆尖也叫豆苗、龙须菜，最早产于地中海和中亚，后传入印度北部，通过漫长的路线，被引入中国。这是普通的家常菜，在南北各地有大面积的栽种，取食嫩梢和嫩茎叶。豌豆尖看似平常，不是高贵的食材，却是千家万户餐桌上不可缺少的时令菜。豌豆尖做法多，可以炒豌豆尖、烧豌豆尖、凉拌豌豆尖、豌豆尖炒鱿鱼、豌豆尖炒培根、呛拌豌豆尖、豌豆尖豆腐汤、豌豆尖汤等。经过对豌豆尖的进一步了解，我有了战胜它的决心。第二天，我上菜市场又找那个老太太，可惜她没有来，只好在另一个摊位买了豌豆尖。中午，我一改思路，按照高淳海的说法，还有从网上搜到的做法，做了一盘“蒜蓉豌豆尖”，结果得到高淳海“大有进步”的表扬。

2015 年 11 月 8 日，我又一次来到北碚，第二天去超市买菜，看到豌豆尖，绿油油地发出问候。想起露天市场背竹筐的老太太，拿起一叶豌豆尖，我们笑脸相望。

五通桥的“椒麻腐乳”

方形的玻璃瓶，红色的铁皮盖，中间铜钱的图案，方孔为中心，“桥牌腐乳”四个字组合其中，铜钱外有一行“百年传承，传承百年”弧形的字。在雄风超市货架前，看到五通桥的“椒麻腐乳”，我买了一瓶回住处。离做午饭还有一段时间，泡一壶绿茶，我端详起了这瓶“椒麻腐乳”。

“椒麻腐乳”的产地在乐山的五通桥。德昌源酱园厂是老字号，在四川和重庆一带很有名气。五通桥我去过一次，高淳海在乐山师院上学，我们为了看小西湖去的。五通桥是一座水乡古镇，在乐山市以南 24 公里，有涌斯和芒溪两条河，将五通桥分割成四望关、青龙嘴及竹根滩三大部分。五通桥背依青山，又有大水傍过，养育古老的民风。五通桥水多，桥自然不能少，各种风格的桥，体现建筑师的个性，把三片独立的陆地连接起来，形成特有的水城。清代诗人李嗣源称赞“烟火万家人上下，风光应不让西湖”，说的湖便是人们所称的小西湖。

五通桥镇文化厚重，始于东汉时期的西坝米酒，远近闻名的苦竹，都是当地的特产。五通桥端午龙舟民俗始于清顺治年间，此后一直没有间断。乾隆年间，开始龙舟竞赛和抢鸭子活动。咸丰年间，河道经过整治后，龙舟比赛更加热闹，附近水路码头都有龙舟赶来，参加一年一度的盛会。五通桥的豆腐乳，人们习惯称作毛霉豆腐乳，也是大放光彩，它是传统的酱菜。由于五通桥的地理位置和气候条件比较特殊，独生的毛霉使豆腐乳香味浓郁，回味不尽。很多到过这里的文化名人，如徐悲鸿、张大千、丰子恺、冯玉祥、刘伯承等，在品尝过五通桥的豆腐乳后都赞不绝口。

清代同治年间，德昌源酱园在当地就是最大的豆腐乳作坊。这家作坊制作严谨，经过多年的酿制，形成了自己的工艺流程。磨浆、点脑、定型、蒸胚、划胚、培菌、发酵，有一套严格的程序。选材也很讲究，“一是必须用河西片区不含盐碱的山地上种的小黄豆；二是要用凉水井的水，经过适度腌浸泡后，精推细磨；三是毛霉菌丝长似鹅绒；四是酒用西坝米酒，香料精挑细选；五是大坛储存小坛出售。”

五通桥的老百姓称豆腐乳为“豆腐鱼”。传说“德昌源”三个字由同治皇帝亲笔题写。当时嘉州的府台，为求保官位想上京进贡，选中五通桥的豆腐乳，但必须挑选出其中最好的。他开出千两银子的悬赏。有一位姓杨的青年，自己开了一家“江东园”作坊，做出的腐乳风味独特，色香味俱全。他将榜揭下，告之府台，愿意拿出祖传秘方做的腐乳，“不要赏银，只要玉笔”。府台一听大喜，让他准备几坛上好的腐乳，亲自护送进京，作为贡品献上。“时值盛夏，慈禧食欲不振，太医也束手无策。同治帝将嘉州府进贡的腐乳献上。慈禧在病床上，闻之有异香扑面而来，食欲大增，精神爽朗，即下诏让嘉州府每月上贡十坛。同治大喜，即招府台上殿，府台告之杨的请求后，万岁爷连声道好，欣然提笔书‘德昌源’三字，释曰‘德为道，昌自然'。"

2014 年 12 月，我在重庆的北碚暂住，开始写《丰子恺的人间情怀》，期间阅读了大量的资料。

读到《丰子恺年谱》，里面记载他在五通桥的日子："1943 年任国立艺术专科学校教授兼教务主任，不久辞去教职，以卖画为生；先后赴长寿、涪陵、丰都和川北诸地旅行，举行个人画展。1945 年 47 岁，去隆昌、内江、成都等地开画展。"1943 年，五通桥是丰子恺巡展卖画的第一站，他住在竹根滩，上游街乐安旅馆，画展地址是在川康平民商业银行。

20 世纪 40 年代初期，丰子恺在盐业之都的五通桥游玩过小西湖，以此为题材创作了一幅《长桥卧波》。一棵伸进画面的黄葛树，一棵棵垂柳，高耸的山冈，横跨江上的浮桥，过桥人停下脚步，凭栏远望水面上的船。临河的岸边，三个男女围着一张方桌，听着河水流淌的韵律声，一边喝茶，一边摆龙门阵。丰子恺的画面，没有故意搬弄色彩，用线条的文字，记录当时的风土人情。

早餐煮面条，拿来"椒麻腐乳"，拧开铜钱图案的盖，麻辣的气息，疾速地冲来。一块块腐乳泡在麻油汤中，不似北京的"王致和"，乳块腌在红汤间。不同的汤汁，表现不同文化，承载着不一样的故事。

我夹一块"椒麻腐乳"，放进食碟，小心地夹一点，舌尖抿一下，麻辣冲劲十足，顷刻间，嘴里回荡起豆腐乳的香气。

幺麻子

吃是一种文化，汪曾祺写了很多吃的文字，普通的家常酱菜，被他写得津津有味。醉翁之意不在酒，谈吃不能以吃论吃，一道菜做得虽好，舌尖上的味觉、背后躲藏的故事却比菜的滋味更重要。

我来到北碚，见识餐桌上的新鲜东西，花椒油、幺麻子、保宁醋，调味的小作料，看似普通，却有各自的血脉之源。

我常去雄风超市，门前是缙云风情步行街，不远处是卢作孚地铁站入口。出超市门，穿过马路有一段阶梯，上去后是一片小广场，中间有邓小平、刘伯承、贺龙的塑像。当年西南军事指挥部设在缙云山，新中国成立后，贺龙在缙云山疗养过，并赞扬过特产北泉手工挂面。

在这家超市，第一眼见到“幺麻子藤椒油”，甚喜欢。尤其一个幺字，如同一朵蹿动的火焰。幺，小，排行最末的：幺叔、幺妹、幺儿。幺也是较早的一个姓氏，南北朝的《姓苑》有记载。这个姓氏的人，大多分布在山东冠县、河北唐山、江苏浦口等地，四川只是一小部分。幺字在重庆话中发扬声，与普通话不同，一样的字，读出很大的区别。

“幺麻子藤椒油”包装独特，扁平的瓶子，中间突出，犹如双手掐腰的小人。黑色的瓶盖，看上去像个小脑袋，深情地注视远方。拧开瓶盖，椒油味疾速往外钻。藤椒，又叫香椒子，属于灌木类。树木暗灰色，身上多有刺，不长毛，单粒复叶丛生，花小而多。果实油质丰富，味香芬芳，挥发得快，口感香麻。李时珍在《本草纲目》中指出："其果入药具有散寒解毒，散瘀活络，消食健胃，增进食欲之疗效。"在藤椒之乡洪雅，流传着这样的传说："清顺治元年，即公元1644年，绰号'幺麻子'的厨师赵子固，从洪雅瓦屋山迁居到止戈柑子场，发现当地村民利用藤椒烹制菜肴，便潜心研究民间藤椒油榨制技艺，最终研制出色泽金黄透明，清香扑鼻，悠麻爽口的'幺麻子藤椒油'，成为民间餐饮必不可少的调料。"调味油进菜椒香，入口微麻，回味绵长。"幺麻子藤椒油"是适用于餐桌拌菜、火锅、面食、鱼类烹制的调味。

在北方每次吃水饺，调制的蘸料，往往放入蒜酱，韭菜花，炸好的辣椒油，倒一些鸭梨醋，再放上芥末油。来北碚以后，我没有再买芥末油，改吃"幺麻子藤椒油"。环境变化，食碟中的蘸料，也有新的东西加入。一盘热饺子上桌，碟中的调料，红的椒油，黄的"幺麻子藤椒油"，搅和在一块儿，形成与众不同的蘸料。麻味清香，融化口中，有悠长的怀念。

红橘

这几天我迷上了红橘，每次去超市，或到菜市场，都忍不住买几斤。回到住处，坐在沙发上，扒着橘子皮，浓重的橘香冲鼻。此时缙云山雾气缠绕，辨不清起伏的山脉。

手指染上橘汁，渗进皮肤的纹路。剥开皮后，一瓣瓣橘子，排列有序，犹如初升的小太阳，都不忍心掰一瓣送进嘴里。我在北方经常买橘子，常见的是小金橘、砂糖橘、蜜橘、贡橘、柑橘。之前不了解橘子，统称它们为橘子，知道它只生长在南方。

超市的水果区域有很多水果品种，橘子也有好几种。不知为何，我就对红橘子有感觉，总想摩挲一下。货物标牌上写着“红橘”两字，这是我第一次见到这个通俗易记的名字。红橘有粗皮、细皮之分，粗皮的汁少，味甘甜，产量不高；细皮刚相反，汁多带核，略带酸味，产量比粗皮的大。

中国是橘子的原产地之一，有4000多年的栽培历史，橘子的资源丰富，品种繁多。据史料考证，公元1471年，橘子从中国传入葡萄牙，公元1665年传入美国。

橘子全身是宝，也是中药，具有润肺、止咳、化痰和止渴的功效。橘肉、皮和叶，没有一点废物，皆可入药，在日常生活中发挥着重要作用。北方冬天烧暖气，室内空气干燥，空间密封，剥下的橘子皮放在暖气片上，蒸出清新的橘香。干透的橘皮也可放入杯中沏水，炖肉投放几块提味。橘子皮小看不得，它可以美容，《本草纲目》中说的陈皮，就是橘皮，“同补药则补，同泻药则泻，同升药则升，同降药则降”。橘子看似普通，药用价值却相当高。

每一瓣橘子，有一层网状经络，看似不起眼的橘络，却有通络化痰、顺气活血的功效。橘络饱含维生素 P，能有效防治高血压。橘肉深藏的核，咬一口味苦，具有散结、理气止痛的功效。

橘叶疏肝理气、消肿散毒。扒掉橘皮的白色内层，表皮叫“橘红”，能起到理肺气、祛痰的效果。一枚不大的红橘，如同一个人在历史中行走留下的足迹。对橘子药用的发现，是人们千百遍的尝试后总结出的经验。

2014 年 10 月 4 日，我在菜市场看到一位老人卖橘子，那时还不认识红橘，深有感触地写道：

在清晨的菜市场
买回一堆橘子
它装在老人的竹筐中
宛上的叶青翠
吸足缙云山泥土的营养
扒开橘子的皮
密集的白网络
包裹着橘瓣
我取出一枚
咬出青涩的汁液

它在身体中乱窜
我的情绪打开大门
迎接山野性格的果子

在电脑上查阅资料，读到重庆万州的红橘。万州保存的古红橘林，分布长江两岸，有数十公里长。万州红橘，古时称为“丹橘”，由于生态条件适宜，种植的红橘“色泽鲜红、果大、易剥皮、酸甜可口，细嫩化渣、爽口多汁，品质极优”。据民国《万县乡土志》记载：“汉时橘正丰，故朐忍设橘官，后代无闻，清末渐兴，近年境内约有 30 万株，以动郭里沱口为前多，或以糖蜜之作，橘饼色味较资内尤佳”。志史上翔实的材料证实，万州早在汉朝就已经栽红橘，并设有橘官和红橘的加工等。1912 年，现代著名散文家、诗人、文艺评论家何其芳在万州出生。抗日战争爆发后，他回到家乡，到成都任教员，创办《工作》半月刊，写出《还乡杂记》《成都，让我把你摇醒》等诗文。过去读何其芳的作品，觉得万州是个遥远的地方，如今客居北碚，感觉离他的出生地这么近。每天吃的红橘，就是他家乡的特产。

多年前，读何其芳的《雨前》，感伤的情调、浪漫的色彩，流露出浓浓的乡情：

我怀想着故乡的雷声和雨声。那隆隆的有力的搏击，从山谷返响到山谷，仿佛春之芽就从冻土里震动，惊醒，而怒茁出来。细草样柔的雨声又以温存之手抚摩它，使它簇生油绿的枝叶而开出红色的花。这些怀想如乡愁一样萦绕得使我忧郁了。我心里的气候也和这北方大陆一样缺少雨量，一滴温柔的泪在我枯涩的眼里，如迟疑在这阴沉的天空里的雨点，久不落下。

再次读这篇文章，地点不同，感受又不一样。茶几的果盘中，摆放着一些红橘，它似一卷文献史料，令人忍不住想翻阅，走进历史的深处。北碚的天气，阴雨缠绵，整天灰沉沉的，看不到阳光。一个红橘，犹如燃烧的焰火，生出一缕暖意。

姚记食店

干煸四季豆，我在重庆偏爱的一道菜，麻辣浓郁的味道，那样的迷人，吃过后，留有滋味回荡。

干煸这个词，在北方的菜中很少出现。干煸就是北方人说的干炒，是较短时间加热成菜的方法。

偶然在一家“姚记食店”简易的菜谱上看到这道菜名。干煸和四季豆组合在一起，形成诱人的想象力，它们与饥饿纠缠不放，斗得难解难分。

2014 年 9 月 21 日，难得的大晴天，阳光经过阴雨的遮蔽，终于露了脸。早饭后，我们走出小区，在云华路上打了一辆黄色出租车，直奔金刚镇。

青石板街和溪水并肩而行，小镇的建筑在两旁的山坡上，随地势修筑。走到街头是一个传统的门斗，两扇旧木门，很久无人走动，门槛被野草湮没。我和高淳海琢磨，这家肯定是大户，从房子的规格，到建筑的布局，小户人家可修不出这么大的气势。我从窗子向里观望，空荡荡的房子除了垃圾、射进的阳光，一点生活的痕迹都看不到。群山环抱，临水的小镇，常年被雨雾笼罩，湿气弥漫，阳光便成一种渴望。

街道右下侧是一条沟谷，溪水顺地势向下游流淌。路边的护栏墙，由于水汽的作用，爬满苔藓，摸上去滑腻腻的，有凉浸骨髓的感觉。我有些失望，找不到梁漱溟的踪迹。一座小石桥跨过溪水，对面原来是一堵石墙，现在被封死，拱形的门洞塞满石块，阻断路的去向。上面原来是一所学校，也许是梁漱溟创办的勉仁书院？疑问出现，为什么将文物的门封堵，而且没有标志？过了溪水是一条小路，走出不远，出现上坡的台阶，青石台阶爬出野草，从场面上看，很长时间无人走过。旁边是一棵黄桷树，围绕一些半人高的杂草，我正迈上台阶，一只大蝴蝶飞来，落在草茎上，黑底蓝色条纹。我将镜头对准蝴蝶，未等调整好，它突然飞走，留下遗憾。我好奇，如果是梁漱溟，或者梁实秋和老舍，在野山野水的金刚碑遇到它，会写出什么样的文字。我走上台阶的最后一级，扒着门缝瞧，视野受限制，里面也没有什么。读资料时出现偏差，还是记忆出现问题，走遍金刚碑古镇，不见梁漱溟的踪迹。我试图将在档案、回忆录和传记读到的材料，缀缀在一起。

遗憾的是，一点收获也没有，梁漱溟旧居只存在于资料中，在古镇上找不到任何痕迹。我们跑出一身汗，只好在风景优美的环境中，坐到茶馆喝一杯茶，也算不白来一趟。重新走过小桥，在青石板街旁，有一家“龙溪茶馆”。茶馆没有门，开放式的木质结构，我选择靠溪水的窗口，看俯临沟里的溪水，一路欢快地向下游流走，汇入嘉陵江中。一簇簇野草长在溪水边，带着野性的质朴，水间突出的青石块，欢迎它们的到来，溪水以它的温柔，热烈地拥抱，发出清亮的话语声。

秋风吹来，身上的汗消散。老板是个老者，端上青花瓷的盖碗茶。向对面的窗外观望，就是青石板街和刚才拍照的村公所，还有一家粮店。

走了大半天，梁漱溟旧居的影子都未找到，不免有些失落。我来是探寻大师旧居的，阅读积攒的激情，被沟中的溪水冲走。走进简朴的茶馆，坐在条凳上，喝山溪水泡的清茶，品清馨的茶汤，听飞来的鸟鸣，溪水的喧嚣，情绪慢慢平稳下来。经过询问，茶客张若华老人，指点了梁漱溟故居花房子的方向。

我们在公路边乘公交车来到三花石，我之前并不知道有这么个地方。过了吃饭时间，肚子咕咕直叫，路边恰好有一家“姚记食店”。我和高淳海坐在临街边的位置，一边吃饭，一边看着街上往来的人和车流，顺便向店主打听花房子的位置。店主操着重庆话说，就在隔壁的疗养院。

店面不大，摆放着几张方桌、条凳，它与金刚碑茶馆的桌凳不同，少了时间的记忆。我们点了干煸四季豆、回锅肉、丝瓜肉丝汤，盘子不大，由于上午的奔走，肚子空空的，几道菜很快就被我们一扫干净。

饭后有了精神，我们离开“姚记食店”，沿路向前走，然后向右一拐，就看到了疗养院的大门。

“姚记食店”的干煸四季豆，清香鲜美，这道菜只是普通的家常菜，它的做法技术含量并不高。此菜关键是煸，成与败，就在火候上。四季豆很普通，一般的菜市场都可以买到。四季豆择洗干净，切成段状，猪肉切成末，虾米、葱、姜、蒜切碎，作为配料。四季豆放入热油锅，过油捞出，锅内留一些油。投下肉末煸炒，再放入虾米、姜末和四季豆。火不能大，中火干煸片刻，加高汤，收干汤汁，淋浇麻油，撒上葱花，出锅装盘。

主要食材四季豆，就是北方吃的豆角，重庆习惯叫四季豆。它还有许多叫法：菜豆、白肾豆、架豆、刀豆、扁豆、玉豆、芸豆等。四季豆原产美洲的墨西哥和阿根廷，16世纪末引进中国。四季豆为人们喜爱，它有丰富的蛋白质和多种氨基酸，经常食用健脾胃，增进食欲。传统中医认为，豆类蔬菜性平，具有化湿补脾的功效。

小时候，姥姥家炖的豆角，那种味道再也找不到。落地灶坑，烧大块的柈子。铁锅中烧开油，放上大段葱花、大片姜、大块蒜，炒出香味，投入豆角，然后倒一瓢水炖，典型的东北吃法。食材差不多少，工序不同，两种做法，口味相异。

性格独蒜

客居北碚的日子，遇到很多新鲜东西，一头蒜就能让我琢磨很长时间。北方人喜爱大蒜，餐桌上必不可少。

蒜是泊来品，原产地不在中国，自汉代张骞出使西域，将大蒜的种子带回中原，从此安家落户，至今有两千多年的历史。大蒜是人们生活中不可缺少的调料，烹调鱼、肉、禽类和蔬菜，有除腥提味的作用，凉拌菜既可增味又可杀菌。我来北碚不论在超市，还是在菜市场，发现人们偏爱独头蒜。这种蒜在北方少见，也没有吃过。平常吃的紫皮蒜或白皮蒜，紫皮蒜瓣少，个大，辛辣味浓。白皮蒜有大瓣，也有小瓣，辛辣味较淡。我以前单位附近有一家饭店，中午不回家，便和两个同事小姑娘一起吃饭。她们穿戴时尚，往桌前一坐，饭菜没有上，先喊一声："老板，来几头蒜。"女同事美过容的指甲，精心地剥着蒜皮，在美甲的撕扯下，跳出一瓣蒜。

在重庆饭店吃饭，很少见北方人这种吃法。它是作为调料，尤其有的菜只能用蒜爆锅。独头蒜和其他蒜无大的区别，只是剥开蒜皮，只有一个蒜瓣。独头蒜性格突出，一个独字，说出了它的与众不同。它素有"地里长出的青霉素"之称，比起多瓣蒜，所含蒜素丰富，可杀菌解毒。

听说峨眉山独蒜品质优良，种植历史悠久，当地人称为蒜砣，享有“三江九叶灵芝草”的美誉。优良的土壤，山泉的浇灌，种植的独蒜质量自然好。

峨眉山独蒜，个大，色白，肉厚，是炒腊肉、烧猪肉的提味佳品。腌制甜蒜头，放酱为酱蒜头，入盐水为咸酸蒜头。山东是大蒜之乡，临沂苍山县、济宁金乡县，大蒜全国闻名。每次上菜市场，卖蒜的摊主都说，自己卖的是苍山大蒜。他加一个大字，说明蒜的名望和地位。

小时候在东北，蒜论辫子买，因为秋天蒜成熟，蒜的根茎留下编成辫状，便于保存，人们买回家，往墙上的钉子上一挂，散的蒜头随买随吃。一到秋天，看到有人肩上挎着几条蒜子，不用吆喝，就知道此人卖蒜。秋天是冬天的序曲，家家户户准备过冬的菜。腌咸菜很重要，离不开蒜，腌蒜茄子、辣白菜，必须剥很多蒜，捣成蒜泥。屋子里弥漫蒜的气息，几天散不尽。

落雪的日子，窗外一片银白，玻璃爬满霜花。热炕头上，一家人围着小桌，吃猪肉粉条炖白菜，关键是食碟中的蘸料，离不开蒜酱。如果缺少蒜，其菜的特色减半，味道也不足。

北碚卖的独蒜，分散的和袋装两种。散的指堆在货架的盒子里，消费者一个个挑选。另一种白网袋装称好的蒜，标签有包装日期、重量、价格以及重庆物价局监督举报电话。

我剥独蒜头吃了不少苦，手指甲生疼，蒜汁渗到皮肤，有一股辣气。后来我拿来一把水果刀，削掉蒜的独根茎，顺皮剥落。每次剥一小盘，用起来便利。我与独蒜的相遇，是在北碚的一段美好交往。

江边菜市场

眼前晃动的人头，一拨拨地扑来，拉着购物车，在人流中挤来钻去，身心极度疲惫。我预想的江边市场的情景，被现实破坏，没有一点想象中的美好。

江边市场是我父亲喜欢的地方，每星期拉着购物车买菜，有时和我母亲坐在街边的小店吃一碗面条，再回到住处。我跟在高淳海后面，听不懂重庆话，欣赏着北方见不到的东西。有卖竹笋的农民，摆着几颗新笋，粘着缙云山的泥土，这是我一次见这么大的新鲜笋，过去吃的都是袋子装的笋。问价格，互相听不懂对方的话，就伸出手指比画，肢体语言显得滑稽，交流半天才明白，一斤两块五。我从此不开口问价格，用眼睛观察。

南方和北方菜品不同，生活器具也大相径庭。我对挑竹筐的菜农颇感兴趣，有一位个子不高的老太太，大约六十岁，身上的竹背筐几乎有她半个身子高，看似一座小山压在背上。她卖的冬瓜，这种瓜北方也有。她弯腰背竹筐的姿势，通过视觉反映到我的镜像神经源上，引出记忆中的一幅画。很多年前，第一次看到罗中立的《父亲》，多皱的脸上，一条条沧桑纹路，埋藏了多少故事。我停下脚步，看着她找到立足的地方，卸下竹背筐，放在面前。手筋骨突出，凭着它在时间中掏食，养活一个个生命。我从她的眼神中读出渴望和等待。各个摊主都想用好点子吸引过往的顾客。卖钢丝球的摊主，用当地话吆喝，手中长长的钢丝网，在一根做尺的木棍上量，然后用剪刀铰断，叠了几个来回，标准的钢丝球完成。路旁量血压的摊位，摊主给老人测血压。这样的环境下，人的肾上腺素还不飙升？血压怎么可能平稳。一条平常的街道，此时交通瘫痪，人与人贴身而过，各种噪音聚合狂欢。

平常养成读书、写作、散步的习惯，突然面对这么多的人声，有些承受不住。尖叫的、嘶哑的、大笑的、讨价还价的，交织在一起，形成声音的河。它们铺天盖地扑来，呛得人躲藏不及，被冲得七零八落，瞬间被湮没。我感觉身体发生变化，躁动地寻找着泄口，否则就要奔涌出来。

在卖鱼肉的市场，我遇到血腥的残酷——两位年轻的妇女活剥青蛙皮。剥掉皮的青蛙，露出血淋淋的肉身，在大塑料箱子中抽动。两位悲剧的制造者，一边熟练地将一只只青蛙送上断头台，一边大声地说笑。我扭过头，不想再看下去，想立刻逃出血腥的场面。我向人群的反方向挤，再没有心思买菜。我和高淳海拉着购物车，费尽力气突围，穿过一条马路，就是嘉陵江边。

这个季节，嘉陵江的水不大，雾气笼罩江面。距江边几米远处，停泊着一艘船。这是一家“江舟渔港”酒店，几年前我来的时候，它就已经泊在这里。那天酒店挂满喜庆装饰，有人在上面举行婚礼。我和高淳海在江边租了一把大伞，要了一壶茶，坐着竹椅望向江岸，那是复旦大学旧址，当年萧红曾经来往于江的两岸，这条江勾起她的不尽乡愁，她开始动笔写《呼兰河传》。

婚礼上喜庆的鞭炮声，将我的思绪切割零乱，看到一对新人登上船，新娘的白色婚纱，和浑浊的江水十分不和谐。音乐声和人们的祝福声，隐隐传过来，将我的思绪从旧日唤回现实。

我又一次来到江边，看到船依旧，时间已不是那一天，市场的嘈杂声却不肯在耳朵中消失，疼痛不仅没有缓解，反而变得激烈起来。

江边不见亮色，灰旧的调子，使人心情沉重。

大雨中买菜

宛如从鞘中抽出的剑，闪着冰冷的寒光，寒气从剑尖坠下，发出逼人的声响，几滴清脆的雨声，从关闭的窗子闯入，声音刺破黑暗。我被这意外的声响惊醒，不等缓过神，铺天盖地的声音，从天空落下，预报的暴雨终于降落。

枕头里装满雨声，耳朵贴在上面，听到哗哗的雨声，凉意从身上掠过。晚上和母亲视频聊天，看到她穿的衣服，知道北方进入深秋，向冬天挺进。重庆阴雨不断，一个星期见不到阳光，想起多年前看到的一个电影剧本里的台词，“我爱太阳，太阳不爱我。”此时明白，阳光和人的关系，生活中缺少阳光，人的生存就会遇到大问题。想念家中的书房，坐在白蜡杆的椅子上，敞开通往阳台的门，一缕灿烂的阳光，欢快地涌进来。有时怕晒坏书，只好将门关严，把太阳挡在外面。懂得怀念的时候，才知道失去的有多可贵。

清晨睁开眼睛，窗外的雨声，一拨拨地涌动，房间里变得阴冷。我下意识地拉被子，露出一张脸。来到北碚以后，第一次睡觉盖被子感觉不舒服。6 点 30 分，每天起床的时间，电煲续上新水，接通电源，拉开阳台的落地滑门，扶在安全栏上，远眺缙云山，除了雾，还是雾，它们湮没山冈，什么东西都看不到。我对重庆的了解，始于少年时读《红岩》，江姐的英雄形象，以及蜿蜒的山路上双枪老太婆坐滑竿的情景，从那时起，重庆的名字便扎根在少年的心中。我以前来过重庆两次，都是短暂的停留，大晴天的未遇到一场雨，朋友们说我有福气。这句话当时不理解，真在北碚长住，才懂得他们话里的意义。

经过一个多月，我对北碚的环境熟悉多了。有一天散步，我碰到手中拎袋子的买菜人，顺着他们的踪迹，跨过云清路，沿着安礼路走到以卢作孚命名的路，在路口交叉处，有一个露天的菜市场。从那天开始，我隔一天就来买菜。卢作孚生于 1893 年 4 月 14 日，重庆市合川人，是著名的爱国实业家、教育家、社会活动家，民生轮船公司的创办者。

民生公司在新中国成立前拥有 148 艘江海轮船，投资 60 多家企事业，涉及面广泛，是中国当时最有影响的一家民营集团之一。卢作孚青年时充满抱负，提出只有教育才能救国，他一生都在为之奋斗。自学成材后，卢作孚创建学校、图书馆、博物馆，普及文化和教育。在缙云广场有一座他的塑像，我开始认识卢作孚，计划去他的纪念馆参观，更多地了解他。

高淳海上午去学校，我自己拎着方便袋到菜市场买菜。早饭后，尽管外面大雨，我决定不休息，进行每天的散步功课。走出楼道打开雨伞，感受雨的阵势。不是平常的小雨，地面上泛起无数水泡，老人们说的水起泡，一定是大雨。缙云广场边上是区政府大楼，在它后面有一条路，路是缓坡面，去华清路是下坡，回来时走上坡。穿过到华清路，走到安礼路头，才能到达菜市场。

重庆人爱吃麻辣烫，跟雨雾有很大关系。走上安礼路，路旁的店铺照常开门营业，公交车站等车的人都打一把伞，生活在雨中进行。我第一次在雨天上菜市场，心情多少有些复杂。北方下这么大的雨，不遇上特殊情况，不会去买菜；卖菜的人，这样坏的天气，也不会轻易出摊。

我陆续遇到买菜回来的人，有一位中年男人，光着大脚，手中拎着鞋，还有刚买的青菜。菜市场和往常比人并未见少，不宽的空间，伞和伞撞在一起，彼此躲开，人们对这种情况习以为常。我听不懂重庆话，但有一个摊位吸引了我的注意。两只竹筐倒扣在地上，搭一块木板，摆着一堆葡萄，插一块手写的硬纸牌，“璧山葡萄3.5元”。紫色的果实，经雨水的淋洗，显得格外新鲜。我走到跟前，摊主一口重庆话，递过来一粒，意思让我先品尝。转到卖苕尖的中年妇女摊位前，菜叶滚动水珠，水淋淋的鲜嫩，顺手买下一把苕尖。甘薯的茎尖，就是重庆人常说的“苕尖”。过去喂猪的青菜，不起眼的东西，香港人称为“蔬菜皇后”。苕尖含有丰富的维生素，以及人体所需的矿物质，可延缓衰老、防癌，是令人长寿的蔬菜。这种菜在西南一带吃得多，北方未见过，也不会做来吃。

我的鞋子和衣服的半边湿透，拎着兜中的菜，打着伞离开菜市场。散步和买菜的组合，尤其在大雨中，是我五十多岁的人生里头一次。

回到住处，水淋淋的伞放到阳台上，脱掉湿衣服，换上拖鞋，菜撂在厨房的灶台上，中午做“清炒苕尖”。

竹筒饭

我去缙云山的路上，两边有大片的竹林，长得不怎么粗壮。每次路过我都会停下脚步，观察竹子，摸几下，感受它的体温。

2014 年 10 月，我和高淳海登缙云山，下狮子峰，走过石板台阶，石头上爬满青苔。陡斜的石壁凹进，有很多支起的小树枝，我以为起保护作用，免得下雨滑落。后来听人说，那是在许愿。支起的树枝代表一炷香，祈求祛灾，保佑身体健康。台阶不远处，有卖竹筒饭的婆婆，看到我们走过来，大声地吆喝，高淳海动员我买一个。在山野吃竹筒饭，味道不一样，还有纪念意义。不到 10 厘米长的竹筒，比拇指粗不了多少，竟然要价 4 元。筒里有一点糯米，夹杂几星腊肉，一只竹片，权做筷子用。由于爬山消耗体力，肚子有些饿，吃起来感觉不错，有淡淡的清香。

我每天爬缙云山健身梯，梯道入口处的竹林前，竖着一块大石头，上面刻有“竹报平安”，它和缙云山极不和谐。缙云山上的竹子多，健身梯道外的山岩上，生长着大片竹林，不时有鸟叫声钻出。登上最后的平台，站在左面的围栏前，竹叶伸手就能摸到。竹子的清香，在空气中弥漫，每吸一口，身体里都有竹的气息。竹子是正直的象征，它不追求功利，心无杂念，甘于寂寞。竹子生命力极强，它不求土地多么肥沃，只要有一点空间，它就将根扎牢，繁衍生息。竹子性格鲜明，每一段竹节，都表现得清淡高雅，一尘不染。

想起戈登·汉普顿说的外寂静，置身于大自然中，敞开自己的情感，所有的感官与周遭的环境融为一体，找回心灵的寂静。山野中的空气，洗净人的躁气，感觉和嗅觉也变得灵敏。

中国人对竹的情结，最早可追溯到魏晋时期，竹子挺拔，一年四季青翠，不拒风雨，不怕严寒，它的性格博得文人骚客的喜爱，古代有“梅兰竹菊”四君子、“梅松竹”岁寒三友等美称。文人们留下大量的咏竹诗和竹画，以水墨表现竹的形象，传达出竹子内在的气韵，对人生的思考也折射在竹上。

宋代大诗人苏东坡的老家在四川眉山。2005 年 11 月，我去他家乡参加“走进中国诗书城，走进散文故乡眉山”散文笔会，拜访过他的故居。苏东坡爱竹，笔墨中经常写竹，还要画竹，他有《竹石图》流传后世。苏东坡的竹，不是闲情所至，在宣纸上风雅，而是精神的体现。

“扬州八怪”郑板桥的竹，一枝一叶，每一笔的起落，呈现他的精神品质。笔墨变化之妙，竹的高低错落，浓淡枯荣，超凡脱俗，有竹的气节。郑板桥的写竹诗，也和他的画作一样，“一阵狂风倒卷来，竹枝翻回向天丌。扫云扫雾真吾事，岂屑区区扫地埃。”看缙云山上的竹子，很自然地想到两位大师的诗画。

2003 年去黄山，在山间的小摊上，碰上卖竹筒饭的，一问价格，同事们觉得不值，就没有买。山上有一片竹林，在一个农民摆的地摊前，买下一套礼品——现在放在书橱上的四个竹编小椅子。一起买了两个竹碗，其中一只保养不好，断开一条大缝，我心疼地在水中泡了几天，无奈水也无法挽留竹碗，只好忍痛丢掉。另一只结局悲惨，现在摆在桌子上，装一些零碎东西。门上挂的小饰品，是竹子的一段，加工成椭圆形，上面画出京剧的花脸。在我家的生活中，竹子平时不太引人注意，却有很多竹子的影子。

缙云山健身梯对面是云清路，路面笔直，不似我居住的云华路，有一段大弯，路面起伏不平。每次从山上下来，从云清路返回住处，路的左面有一个“世界竹文化博物馆”，外形是竹的造型，人行道两边种了一大片竹林，竹子向中间倾斜，枝条和叶子形成竹子的拱洞，人走在里面，看不到天空，只闻到竹子的清香。第一次走进拱洞，我被竹林迷住，眼睛不够使唤，环视每一根竹子，有虫鸟在林中鸣唱。竹子隔断马路，不时有汽车跑过，噪音穿过竹林，不仅伤害人，也伤害自然。雨天这是安静的地方，很少有人来活动，能听到林间微弱的声音，我停下脚步，特意将耳朵朝向竹林，捕捉每一个音响：一滴水珠的掉落，从山顶淌下的溪水，鸟儿的鸣唱和虫子脆亮的叫声。只有在单纯的环境下，才能营造出这样的声音。

有一天，我在雨中走进这片竹林。站在林间听雨，雨滴敲打竹叶和竹干，竹子犹如一架竖琴，每一根竹子，是不经过雕饰的琴弦。带着古朴的音质，经雨水的弹拨，它们踏着雨的节拍，协奏一曲竹林晨曲。我除了聆听竹曲，还仔细地观察，一颗颗水珠，沿着竹干淌落。水留下一段踪迹，如同人的脚印，遗下一段历史。枯黄的叶子，在空中挣扎，掉落在人行道上。

竹子在南方随处可见，不算稀罕物，竹筒当锅煮饭，也不是什么新鲜事。由于地域差异，做法有很多种，大同小异，总也离不开竹筒。普通的竹筒，在生活中扮演着重要角色，云南景洪等地流行的《竹筒舞》，是哈尼族人喜爱的文娱活动，将生活中背水的竹筒，演变成为歌舞伴奏的乐器。村寨的院坝中心，演奏者们一边歌唱，一边将竹筒底向地面的木板撞击，发出咚咚声，人们随着鲜明的节奏，围成一个圆圈，踏着原始的音响，欢快起舞。春节期间，《竹筒舞》要跳三天三夜，老年人在一旁，饮酒高歌，唱起叙事的古歌。

美食的竹谱系中，没有北方的位置。云南哈尼族的传统名吃竹筒鸡，历史久远，制法古老朴实，既有鸡肉之鲜甜，又有青竹之清香。安徽风味菜肴竹筒仔鸡，炭火烤制鸡肉，竹筒的清香冲进肉中，鲜美清香，弥漫自然的烟火味。湖北天门的竹筒黄豆蒸田螺，依竹筒的天然野味，做出的菜鲜香麻辣，豉香味浓。竹筒饭能在各种风味美食中争得一席地位，自有它的个性。

有一次逛磁器口，在拥挤的游客中，我特意买了竹筒饭，品尝它和缙云山上的有什么区别。竹筒比山上的稍粗，内容基本一样，但在人群中吃竹筒饭，味道相差很大。

我喜欢缙云山上的空气，山野的情调，适合吃竹筒饭。

寻常野菜

窗外阴云堆积，北碚给人的印象，总是走在旧的时间里，难得看到阳光。缠人的雨，撩起人不尽的乡愁，我每天靠读书打发日子。刘丽华从当当网给我邮购了一套汪曾祺的文集。汪曾祺的书我有好几个版本，这是一个新版本。书中汪曾祺谈吃时说道：

> 中国古代吃马齿苋是很普遍的，马苋与人苋（即红白苋菜）并提。后来不知怎么吃的人少了。我的祖母每年夏天都要摘一些马齿苋，晾干了，过年包包子。我的家乡普通人家平常是不包包子的。只有过年才包，自己家里人吃，有客人来蒸一盘待客。不是家里人包的，一般的家庭妇女不会包，都是备了面、馅，请包子店里的师傅到家里做，做一上午，就够正月里吃了。我的祖母吃长斋，她的马齿苋包子只有她自己吃。我尝过一个，马齿苋有点酸酸的味道，不难吃，也不好吃。
>
> 马齿苋南北皆有。我在北京的甘家口住过，离玉渊潭很近，玉渊潭马齿苋极多，北京人叫马苋儿菜，吃的人很少。养鸟的拔了喂画眉。据说画眉吃了能清火。画眉还会有“火”么？

汪曾祺平淡的讲述，其实对寻常野菜，充满丰富的情感，读他的文字，浮躁的心安静下来。

去年的一天，清晨起身到厨房，意外地发现马苋菜开花了，黄色的小花夺人眼目。

前几天，在缙云山散步，采回一把马苋菜，随手放在冰箱上，竟然又开出花朵。想触摸一下，伸出的手犹豫了一下，还是缩了回来，不想惊动它的美。美有时脆弱，稍不注意会碰碎。注视马苋菜绽开的花朵，宛如彩色的蘑菇，带着童话的魅力，吸引我不肯离开，几次控制不住冲动想拿起它。我们有缘分，天地之间能碰上。离开泥土，不给它养分的补充，它却在一个早晨绽放，是献给我的礼物，是生命中一次灿烂的辉煌。我以敬畏之心，关注这些马苋菜。

马苋菜给我带来快乐，也带来淡淡的伤感。它是植物中的平民百姓，耐干旱，不怕水涝，生命力极强。它不需要人工的养育，而是随意生长在路旁、田间和杂草间。它的别名马齿苋、马牙菜，是一年生草本植物。叶子肥厚，汁液丰富，茎秆带紫色，夏季开花，小型黄色花，多生于田野、菜园、路边向阳处。

据唐代军事家李绛《兵部手集方》记载，当年武元衡相国在西川时，患胫疮搬痒不堪忍受，百医无效，百方不挂。及到京，有厅吏上马齿克方，用之便愈。李时珍在《本草纲目》中说马苋菜可“散血消肿，利肠滑胎、解毒通淋，治产后虚汗”。《滇南本草》早于李时珍的《本草纲目》一百四十多年，是现存古代地方性本草书籍中较为完整的作品，对马苋菜也有记载：“益气，清暑热，宽中下气。

滑肠，消积带，杀虫，疗疮红肿疼痛。”唐代孟诜所撰《食疗本草》是食物药治病专书，其中说马苋菜可“延年益寿，明目”，说明当时人们已经开始食用马齿苋。

中国的文人历来有咏物的传统，唐代诗人杜甫《园官送菜》中写道：“清晨蒙菜把，常荷地主恩。守者愆实数，略有其名存。苦苣刺如针，马齿叶亦繁。青青嘉蔬色，埋没在中园。”一个野菜，也能被诗人写得这么诗意。

小时候，我养了几只兔子，每天要采野菜喂它。兔子不能吃有水分的东西，否则会拉稀。我家后园的障子外有一片工农大队的菜地，地边有一条水渠，渠边长着很多马苋菜，采回来晒一上午，就能喂兔子。来山东以后，邻居们采回来马苋菜，上锅蒸好后，晒成干菜蒸包子，味道很合口。快到夏季时，地里到处可见原生的马苋菜，人们把它挖回家，上锅蒸一蒸，蘸上蒜汁吃。这种平常野菜，我从未注意过它还可以开这么好看的花。

每次进厨房，先看马苋菜，那花的精神气十足。第二天早晨再去看它时，有些枯萎，花瓣犹如老人脸上沧桑的纹路，失去青春的神气。我掸上几滴水，让水来滋养生命，缓解衰老的速度。

花朵败落，厨房里少了一点艳丽，琐碎的生活，耗去人不少精力，我几乎忘记，曾经有过美的瞬间。十多天后，看到花朵凋落的马觅菜，叶子还是翠绿，只是花瓣残落，不堪入目。拿起一根马苋菜，折断它的茎，汁液未干，这么多天，它还在守护自己的生命。

马苋菜的花朵枯干，受良心之责，我没有丢掉它，还是放回原处。我去缙云山散步，即使碰上马苋菜，也不会再采回来，它是大地上的植物，不要轻易触动。过几天，我将回山东，一定上菜市场买马苋菜，回家包一锅包子。

雨天一边读汪曾祺谈野菜，一边向窗外眺望，雨雾簇拥缙云山，这可是南方的冬天。

重庆麻糖

星期三下午，我在缙云广场上溜达，站在紫玉兰树下，看着秃枝上拱出毛茸茸的新芽苞，心想，过不了多久，它将开出艳丽的花朵。

从远处飘来清脆的叮当声，一个背竹篓的卖糖人，敲着手中的铁器，慢悠悠地走来，这就是重庆的名吃“麻糖”。民间流传一首童谣：“麻糖匠，叮叮当，打烂碗，卖婆娘。”唱歌谣的人均已长大，渐渐老去。新一代的人，对小吃不感兴趣，转变不是时间的问题，是新旧文化碰撞的结果。麻糖匠戴着老式黄军帽，穿着四个兜的蓝制服，在他身上找不到时代的影子。他的这一套行头，与周围的高楼格格不入，引起人们怀旧的情绪。我想了解麻糖匠，品尝正宗的小吃，便喊住麻糖匠，让他称两块钱的糖。我买得不多，但麻糖匠很高兴，他的一招一式我还没看清楚，糖已经敲完。他掀开竹匾筐，从背篓里拿出小绿盘的秤。麻糖匠不似北方串街的小贩，不断地吆喝，手中的一把铁榔头，白钢打制的刀，重庆人叫它“钻钻儿”，前面宽，往后渐变小，形成锄头状。有人买糖，“钻钻儿”贴在需要的位置，榔头敲“钻钻儿”的弯曲处，一块齐整的“麻糖”切割完成。铁器的敲打声，就是独特的语言，传递记忆的温暖，表达对过去的怀念。

麻糖匠的老家在四川隆昌，距离北碚二百多公里，坐车要四个多小时。他今年五十七岁，来北碚卖麻糖多年。隆昌古时称为隆桥驿，1567 年，明朝隆庆元年设县。

我来北碚不久，在嘉陵风光步行街上见到过背竹篓的老太太，不时打击手中的铁器，当时不明白这是在干什么，目光好奇地追着背竹篓的人消失在人流中。问高淳海才知道，这是卖当地的名吃“麻糖”。重庆话发音，糖字念成一声，习惯性地叫“麻汤”，卖麻糖便成“敲麻汤”。

“麻糖”的制作工艺不复杂。大麦发芽，切碎当作催化剂，糯米浸泡、蒸熟，与麦芽羼混，几个小时之后，将它们压榨，产生麦芽糖汁。廉价的食物给那一代人，留下多少追忆和回味。

我每天到卢作孚路的菜市，在路口总能遇到麻糖匠，他笑眯眯地注视过往的行人。地上放着竹背篓，篓口上扁形的“竹盖盖儿”，放一大块塑料包裹的“麻糖”，两只手分别拿一只铁器，偶尔敲一下，清脆的击铁声，穿透喧闹的人群。

普通的工具，被一双手温暖，情感的体温传出希望。每一次的敲击，诉说时间的故事。叮当声听起来单纯，不带一点杂音，它隐藏着诸多元素：历史的缩影，地域文化的特点，人的悲欢离合。孤独的声音，似乎每一个音符都在与时代抗争。熟悉的声音，依然清脆悦耳，并未因时间的流淌而积落尘埃。

食物是地域文化的代表，它表现时代的特殊背景，当它即将逝去的时候，成为人们怀旧的东西。“敲麻汤”不仅是生存的方式，也是文化的传承。“麻糖”演变成文化的符号，不需要记载，它在时间的纸上，刻下腐蚀不掉的文字。

毛竹菜墩

这件事情的发生，是我绝未想到过的。菜墩每天都会用，第一次用它时，看了一下是什么木做的，印象中菜墩都是木做的，看了半天，觉得比较顺手，没多想过什么。

按正常的时间，每天晚饭后，我的第一件事情是出去散步，回到家，应是七点五十分左右。当电梯的门在身后关上，咣当一声响，并未对声控灯起到作用，楼道里黑暗一片，无一缕光亮。我和往常一样，双手在黑暗中一拍，清脆的响声在空间荡开，音波被水泥墙吸引，反射到吸顶灯上，声控灯迅速亮起。脚步在空间反弹，响起空洞的回音。从电梯到家门口，往前走三米多，必须向左拐一个角。

开始我对环境不熟悉，视力又不好，一时适应不过来。不管什么时间走出电梯，都感觉光线不足，如果不弄出响声，声控灯就不可能亮，给人一种压抑感。电梯反应慢，等几秒才能合拢两扇门。身后电梯里投出的灯光，在黑暗中透出一道亮，总觉得后面有人跟踪。

散步后，身上的汗未消干净，拐出那个角，拍了一下手，声控灯亮起来，看到灰色的铁门。我没有掏钥匙，因为高淳海在家。

听到敲门声，高淳海不像往常一样开门闪开身子，让我快一点进屋。今天他有些奇怪，脸上有一丝得意的神情，半掩着门，堵在门口，手中拿着一寸多长的竹块，问我这是什么，我脱口说出竹块。高淳海嘿嘿一笑，对我说："出怪事了！"我不解地问怎么回事，他不回答，只是一脸笑意。我被他神秘的举动弄得不知道发生了什么事。环视屋子，觉得没有变化，也不可能有亲人从山东来，给我们意外的惊喜。

手中的竹块和怪事件有关系，令我琢磨不透。高淳海让我到厨房，灶台上有十几块相等的竹块，他神秘地说："这是菜墩子。"我望着竹块，无法把它们与菜墩子联系在一起。我是写文字的，对于生活的观察还是比较认真的，扫了一遍厨房，没发现疑点。高淳海笑呵呵地说："这就是你每天使用的菜墩子，它变没了。"这时我才注意到，搁菜墩子的位置现在空空的。垃圾筐中有一堆零乱的竹块，让人辨认不出来它是曾经的菜墩。我捡起几块看，每块竹子不经修饰，还带着毛刺，菜墩子的原材料竟然是竹片挤压成型，我绝未想到。它外面套一个铁圈，捆束住竹块，形成圆形的墩子。我分不清竹子的种类，高淳海说是南竹，缙云山到处长这种竹林。

南竹对于我是新名词，我翻阅资料知道，"南竹"就是平常的"毛竹"，"南竹"不能写成"楠竹"，所以统称为毛竹，它是一种实用竹。南竹对生长的环境要求不高，生长期短，用途广泛，经济价值大。南竹可以防止水土流失，调节小气候，净化空气，美化周围的环境。

夜晚又下一场雨，清晨的时候，终于停歇。推开阳台的门，感受到清凉的风从外面挤进来。

小区安静，大多数人家还在梦中，看到楼前装垃圾的蓝色大塑料桶，我决定倒掉竹块，不让邻居看到。我拎起塑料袋中的竹块，感到沉重，不仅因为竹块的重量，还因为是永远的告别，我们曾经每天在一起，昨天晚上还在上面切菜。楼道里光线黑暗，拎着竹块，两手不能相击，只好学邻居的样子，咳嗽一声。顶上的声控灯亮起来，投出一片光明。我孤独地站在电梯前，机器轰隆地响起，看到红色的数字不断地变化。

电梯的门咣当一声打开，我和竹块走进去。

第二辑　家乡食物

渍酸菜

家乡的酸菜虽是普通的菜，但无论走出多远，都留有特有的味道和情感，别人不会理解。

酸菜是用大白菜渍，操作过程简单，没有什么特别的地方。大白菜在北方随处可见，是过冬必备的菜，冬天人们靠吃它熬过寒冷的日子。东北人吃白菜有多种方法，除了炖、炒、溜，还吃冻白菜。秋天将无心的白菜丢到房顶，既省地方，也不用费力经营，吃的时候，取下来拾掇干净即可。

我喜欢吃酸菜，母亲渍的酸菜吃多少都没够。秋天各家最忙，买上千斤的白菜，每天打开晾晒，天黑前一棵棵码上垛，搭成麦秸垛般的菜垛，叶向外，根朝里，围成圆形，防止夜里霜冻。

我家做着入冬前的准备工作，把腌酸菜和咸菜的坛子、缸洗刷一遍。大缸过了春天完成任务，从屋里搬到后院的墙根，倒扣在地上，防止积攒雨水招来蚊虫和苍蝇。锅台和窗子之间，有一小块空间，一米多高的缸放那不碍事。渍菜要先烧开一锅水，洗净的白菜在热水中浸一下再放到缸中。浸时间长了也不好，要掌握火候。白菜在缸中一圈圈地排满，然后放满淡盐水，压上块石头。

天气一天天变冷，屋里的温度和外面相差悬殊，酸菜缸中飘出酸菜味，冬已很深了。

酸菜是家常便菜，来客人时的应急菜。从缸中捞出酸菜，炖一锅酸菜粉，热腾腾地端上来，上几碟小咸菜，烫一壶热酒。吃酸菜离不开边白肉，光瘦肉炖不好吃，酸菜吃油，白肉煮进去，豆腐一样的嫩，吃时不那么腻人。

东北人好吃火锅，酸菜火锅吃时讲究，酸菜切得细细的，放上土豆粉丝和冻豆腐，再加上炭火散出的炭香味，充满温馨的回味。吃火锅的佐料有讲究，有韭菜花、辣椒油、蒜泥、葱末、香菜、酱油、腐乳，最后倒一点香油，放在碗中调好，从锅里夹出菜蘸着吃。我的祖母是满族人，从小家教良好，待人接物方面极热情、真诚。祖母的刀工好，酸菜切得粗细均匀，小菜要摆得漂亮，不能随便出现在客人面前。

酸菜的吃法多种多样，包水饺，炒肉吃，炖粉条。家乡漫长的冬天没有新鲜蔬菜，只能变着法吃几样传统菜。

吃久了，对酸菜有了情感，一段时间不吃就有些想。小孩子感冒咳嗽，熬一茶缸酸菜水，热乎乎地喝下去，老人们说镇咳，不知是谁发明的偏方。出门远行时，包酸菜馅的饺子，保佑出门人一路平安。

我吃酸菜长大，家乡的人都喜爱酸菜。

蒜茄子

秋天是忙碌的季节，每家每户都晒秋白菜，腌过冬的咸菜，蒜茄子是其中的一种。

腌蒜茄子最好选罢园的茄子纽，茄子纽没有长成，摘茄子的时候，农场的工人不摘它，被丢的茄子纽是做蒜茄子的上等材料，大茄子好看，味道和小茄子腌出来不一样。茄子纽摘回来，清洗干净，上屉蒸熟，下屉晾凉，茄子撕开口子，塞进加盐的蒜泥。下坛的蒜茄子一层层码好，随吃随取，酒饭均宜，有的人家能吃到来年春天。哪家"来且"（来客人），上一碟蒜茄子，当作佐酒的小菜。碟子不能太大，要用小食碟。蒜茄子味道如何，能说明女主人的厨艺，和料理各种家务的本事。

当天腌的蒜茄子，未吃透盐，口感好，不咸，清香细嫩，别的腌菜无法与它相比。蒜茄子要手撕，不能碰刀，刀的铁腥味，会破坏蒜茄子的清香。

茄子纽在市场上很少能买到。我一个要好的男同学，家在工农四队，父亲当队长，他们队哪处罢园，他就先告诉我，放学一块儿去摘。

我家离农场很远，同学用他的自行车带我，一路不费多长时间。

同学家门口有一株大榆树，老远就能看到，一座三间大瓦房，柞木障子围的院子。他家大黄狗看到我们，高兴地跑来，不停地晃尾巴。同学家被菜地包围，一条布满车辙印的土路通往菜地，秋天的菜地荒凉，不似夏天那么油绿。地里农工忙着摘茄子，不时传出打闹的笑语声，地头停着几辆大马车，人们挎着土篮子来往，摘满一篮子茄子，就倒在马车厢里。茄子越堆越高，一车车茄子运到城里的“菜床子”，是市民的生活菜。

茄子地好大一片，我搜尽记忆中的形容词，“辽阔无边”“无边无际”“一望无边”，想表现我兴奋的心情。茄子被摘掉，找茄子纽是累活，顺垄沟走，一棵棵地看，看似轻松，实则不能马虎，一不留神就可能走过。茄棵上有刺，扎在手指上特别疼。

菜地里没有了果实的茄子秧，犹如失去孩子的母亲，在等待什么。农场工人一边干活，一边打闹的笑声，被我甩在身后。口袋变沉，吃不住沉重的负担，汗水在脸上爬。鸟儿在茄地上空鸣叫着飞过。望着远行的鸟儿，我想到它该飞往南方，那儿不是东北的天寒地冻。“腊七腊八，冻掉下巴”，也冻裂大地。

一阵哗啦的响动，茄子秧晃动，同学家的大黄狗跑来，跟在我身后，东嗅嗅，西嗅嗅。我吹了一声口哨，黄狗不理我，突然发现了什么，向茄秧深处疯跑。地头的马车，在车老板的鞭声中缓慢启动，车上装满运往城里的茄子，阳光下，茄堆泛着光亮。马车队行驶在乡间小路上，高头大马，扎着红缨的鞭子，秋收迷人的景象，让我忘记劳动的疲惫。

晚饭停电，冬天三天两头地断电，习以为常，家家备足蜡烛。有的人家捻一根棉花芯，放在小碟中，倒上豆油做一盏油灯。母亲把蜡烛插在酒瓶中，放到锅台上，清洗我下午摘回来的茄子纽。烛光把母亲的身影投在墙上，我久久注视母亲的剪影。

我和妹妹们不能闲着，坐在炕上剥蒜捣蒜。腌蒜茄子需用很多蒜，忙活半天，剥了将近一饭盆。捣蒜是我的活，蒜缸不大，一次放不了太多蒜。捣蒜是个闹心的差事，手中握着捣蒜槌，一下下地捣，一缸缸，不知捣了多少缸的蒜泥，屋子弥漫着大蒜味，一夜还未散尽。晚上睡觉时胳膊酸疼，梦中还在捣蒜。

第二天早上，饭桌上有了新腌的蒜茄子。我们无从知道，母亲昨晚熬夜到几点睡的觉。

土豆饼

大雪的日子，天寒地冻，我的家乡东北延边，大白菜、土豆、萝卜是家常便饭，天天吃这几样菜，吃得有了逆反心理。

土豆表皮不平滑，起麻的，人们习惯叫它麻土豆。麻土豆炖熟，吃起来口感好。另一种土豆表皮光滑，水分大，适合炒菜。冬天土豆多，吃法变着花样。

土豆通常的吃法有：炒土豆丝、土豆片，白菜、土豆炖豆腐，这些都是常吃的菜。有的人家拣麻土豆烀熟，剥皮后用酱油拌，算是一盘菜。

土豆还可以做成饼。洗净后的土豆碾成泥，不需要特殊工具，废铁皮罐头盒子，其底部敲出一排排眼。利用竖起的铁刺，一下下磨土豆，漏下的土豆泥里揉少量面粉，擀成薄饼。

烙土豆饼时火候不能急，烙出的土豆饼香气四溢，色泽诱人，令人食欲大增。吃土豆饼的蘸料有讲究，葱切成末，配蒜泥、酱油调匀，再加上辣椒油。吃时蘸料和不蘸料味道不同。

寒假按片划分学习小组，采取轮流制，每人负责一天。有一天，在同学家写作业，外面大雪飘飞，屋顶上的瓦被湮没，雪越下越大，一点歇的意思都没有。炕烧得烫手，窗玻璃上的霜融化，淌着溪水样的水流。同学家八仙桌上马蹄表的声音嘀嗒嘀嗒，两只鸡随走时的秒针，不住闲地啄食。做完功课时间不早了，同学的母亲热情地留我们在她家吃土豆饼。

收拾好书包，我俩在炕桌上摆上跳棋子，寸土必争地对弈。外屋不断传出勺子碰锅的声响、油在锅中的吱吱声，还有漫出的油香气。我有点心猿意马，那股香味和我作对，诱惑我的注意力，错过几步好棋，致使全盘输掉。

几盘棋过后，同学的母亲端上热腾腾的土豆饼，一碟拌好的调料，一摞土豆饼，一碗鸡蛋汤，几样小咸菜。

读汪曾祺的散文，谈他被打成右派，在沙岭子农业研究所下放劳动。沙岭子是一个小站，位于宣化至张家口之间。四年中，汪曾祺无数次经过小站，十几个人一次次从车上下来，一次次被凄凉吞没。沽源有个马铃薯研究站，集中了全国各地的马铃薯品种。汪曾祺曾谈道，他画过一套有学术价值的画册《中国马铃薯图谱》。他风趣中透着苦难地说："画完一种薯块，我就把它放进牛粪火里烤熟了，吃掉。这里的马铃薯不下七八十种，每一种我都尝过。"1983 年，汪曾祺有机会重返沙岭子，在农业研究所，他回想当年的情景，感触的滋味说不清。他有一篇散文，名字就叫《沙岭子》。

我如同汪曾祺先生一样，一次次地回到故乡，寻找当年的情感。小吃街是后建的，一条长街，两旁遍布风味小吃。山东的大馒头、东北的二米子饭、苞米楂子面条、朝鲜族的血肠、山西的刀削面、四川的担担面、新疆的羊肉串……我在小吃街走，欣赏各种口味的小吃。

空气污浊，油腻腻的，呛嗓子眼，我看到卖土豆饼的小吃摊，生意并不兴旺，坐下来要了一份，掌柜的是一对夫妻，中年妇女扎着围裙，操着铲子，翻着锅中的土豆饼。想起少年时在同学家吃的土豆饼，当年同学的母亲，和这个妇女的年龄差不多。焦黄的油汪汪的土豆饼端上来，小碟中的调料还是那几种，没什么变化，时间却已过去多年。夹起一块土豆饼蘸调料，心情复杂，怕撞碎东西似的。我在想，汪曾祺回沙岭子是怎样的心情。

土豆饼越来越远，我怀念土豆饼。

冻子是一道菜

奶奶熬的冻子口感好，切出来的冻子呈波浪纹，燕尾的形状，不仅好夹，还相当漂亮。

冻子在东北不是名菜，是应急菜，待客的时候，冻子不需要费工夫，切好入盘，佐以调料上桌。过节的几天，人们将亏欠的肚子补上，不想再多吃油腻的东西。冻子上桌，灶坑里的火燃旺，锅里的油熬得起烟，肉片投入，刺啦声中香气乱窜。还有一道菜和冻子很配——凉拌白菜心，浇上醋汁和盐面，淋上辣椒油，覆上炒熟的肉丝，端上桌后，筷子调拌。

我们是一大家子人，住在市场边上，这是朝鲜族式样的房子，进屋脱鞋，锅灶连着大炕，灶间在进门的地方，是个长方形的地坑，平时盖上木板。灶台上有两个带盖的铸铁锅，做饭时掀开，人要下去烧火做饭。房子一分为二，中间是拉门，晚上睡觉时拉上拉门。妹妹睡的悠车，白天挂在门框上，晚上摘下来。奶奶在铁锅中熬冻子，锅开不能让汤冒出来，她守在一边，不时拿抹布擦锅边。我在一旁等得着急，总是问："奶奶，啥时好呀？"奶奶怕我被烫到，哄我离开锅边，到院子里玩一会儿。肉香味一个劲地往鼻子里钻，奶奶做的冻子，我吃过无数次，还是想吃。

熬冻子又累又磨人，是年轻人最不喜欢的活，肉皮上的细茸毛，要一点点地拔，处理干净，投进清水中熬。熬的过程中，要不时看肉皮汤的黏稠度，太稀太稠都不行，稠了冻子硬还哏，稀了切不住。冻子分清冻子和浑冻子，清冻子捞出肉皮，浑冻子肉皮剁碎，汤水和肉皮融为一体。这是一门技术活儿，奶奶传授给我母亲。满族好“且”，不管男女老少，来了就是“且”。 将饭桌放好后，请“且”上座，当着“且”的面，擦一遍桌子，才能摆碗筷，先上四个压桌碟，然后两个两个地上菜，菜是双儿，不出单个儿。每次父亲领“且”回来，奶奶都很高兴，用好菜好酒招待。奶奶大显身手，帚净菜墩子，不留一点菜屑。我家的菜刀磨得锃亮，没有一点锈痕，平时立在一边，握在奶奶手中变得有灵性。奶奶右手握刀，左手摁住冻子，以她独有的刀法，切出带花纹的清冻子。蓝花白瓷盘子摆在一旁，白瓷上一朵朵绽放的花儿，等待上盘。盘子平时锁在爷爷涂绿漆的木柜中，来“且”时才请出来。它是宝贝，洗刷时格外小心，轻拿轻放，怕被硬物碰掉瓷。冻子的燕尾一律向外，一层层地上升，顶上放上几段青绿的香菜、姜末，浇上蒜酱，晶莹剔透，层次分明。

每年快过年时，我家的人都特别多，都要买肉皮，奶奶慢慢地收拾。三十晚上，冻子是最受欢迎的凉菜。

红辣椒

家乡人喜辣，这和地域有关系。延边地处寒冷地带，朝鲜族的菜离不开辣椒，腌泡菜更少不了辣椒。

一到秋天，家家忙着分秋白菜，掏火炕，腌咸菜，也要到菜市场买一些尖辣椒回来。买辣椒不是一斤两斤地买，而是几十斤地买。空闲的时候，从麻袋里倒出辣椒，拿大号针纫上长长的线，针从辣椒柄上穿过，一个个地穿，这活儿需要耐性。辣椒没有发蔫，针容易从中穿过。手被辣椒柄渗出的汁液辣得麻木，空气中飘着辣味，冲劲十足。

穿好的辣椒，挂在门旁边的墙上晒，水分流失得快，青的变成红的，辣椒看上去水灵灵的。日子一天天地过去，冬天来得猛，几场霜过，雪在夜晚悄然降临，早晨推开门，看到满院子的雪，让人欣喜，辣椒在清冷的空气中全红。

有一次去同学家串门，他们一家人围坐炕上剪辣椒，窗台上的半导体收音机正播放样板戏《红灯记》。炕上铺着布，辣椒串堆在上面。同学的母亲用湿抹布，一个个擦干净辣椒，同学拿剪子剪辣椒，他的面前有两只碗，一只装剪成丝的辣椒；另一只装辣椒籽，油炸的辣椒籽非常好吃，香喷喷的，浮着红油。

姥姥炸的辣椒油，那色泽，那香味，浸透进生命的纹理中。姥姥家在偏僻的山区，进出小镇只有一条天老公路，山冈隔断与外界的联系。山里有一道清澈的小溪，日夜不息地流淌，发出的声音恬静、悠然、深邃，夜晚水声清亮，人仿佛枕在溪水上睡觉。姥姥家烧的是落地灶，不烧煤，烧木柴。姥姥做的“酱木力”汤，风味独特，放一块豆腐，切几片土豆慢炖。她摘几个干辣椒，从灶坑中扒炭火，把辣椒在火上烤脆，满屋子弥漫着刺鼻的辣味，姥姥被呛得咳嗽不止，眼里流出眼泪。烤好的辣椒，手一捏就碎，泡在汤里的味道，是普通辣椒油不能比的。

姥姥家的绿搪瓷碗，被炭火烧得变了模样。每次炸辣椒油，她把碗坐在炭火上，油在碗中熬得吱吱响，冒出油烟气，剪好的辣椒倒进碗中，油辣的香味，在很远的地方都能闻到。碗热烫手，姥姥身边放着钳子，夹着碗边从炭火中拿走。

一顿饭缺少辣椒油，菜中不拌点辣椒，这饭吃得就没滋没味。任何美味佳肴，都不如姥姥炸的辣椒油。

冻豆腐

冻豆腐不能上大宴，也不是提味的配料，谈不上讲究，冰雪风霜腌制，使它保持粗犷的风格。

胡同时常有卖豆腐的，手推车上，架两大木盘的豆腐，盖一块豆腐包。豆腐包是粗纱布，湿漉漉的，防止灰尘落在豆腐上，又不耗水分。卖豆腐的吆喝声响亮，尾声钻进各家各户。

无论春夏秋冬，胡同都会响起熟悉的声音。卖豆腐的人从不把“卖豆腐”吆喝全，只是简化地喊“豆腐”。“腐”的音咬得不准确，不仔细听，是“婆”的发音。孩子们一看见卖豆腐的，离老远跟着学“豆婆”。卖豆腐的从不生气，只是一笑了事。寒冷的冬天，上面的豆腐结了冰碴儿，下面的还是热乎的。卖豆腐的戴着狗皮帽子，脖子上扎一条蓝围巾，她的声音撕裂清冷的空气，我端着一瓢黄豆，推开家门跑出去。

我家住在大杂院，卖豆腐的是个中年妇女，总是笑眯眯的，没见过她犯愁。买豆腐凭票，国家定量供应豆腐票，也可以用黄豆换。拿去的黄豆倒进她的搪瓷碗，她看碗中的数量，估摸斤数，全凭良心账，从来不会为短斤少两发生争吵。

一盘豆腐出多少块她心中有数。豆腐刀是薄铁皮，磨圆的四角，手起刀落，豆腐被她割得大小匀称，无一处破损。逢年过节她很少出声吆喝，那时豆腐是紧俏货，有豆腐票也买不到，必须去豆腐房排队买。

东北人爱吃冻豆腐，每次多买几斤，这东西坏不了，多余的放在盖帘上，搬到外面冻起来，方便省事。户外零下三十多度，冰天雪地，风小刀子似的吹在身上，为了买一斤豆腐冻得咝咝哈哈，谁也不愿意，想吃豆腐，去屋外拿回冻得硬邦邦的豆腐。化冻的豆腐，泛出淡淡的豆质黄。

白菜、猪肉、冻豆腐炖粉条是家常便菜，方桌摆在炕上，一家人围坐在桌边，吃得其乐融融。炖菜时必须用大铁锅，铁锅做出的菜和别的锅做出的菜味道不一样。冬天的炕烧得烫手，一盆炖好的菜端上来，热气勾引食欲。冻豆腐一冷冻一热炖，出现蜂窝状，吃的感觉不同。

冻豆腐、白菜和粉条、猪肉乱炖，充满情感，吃一次，久不能忘。

冻梨的滋味

东北人的吃，充满地域色彩，粗犷与寒冷联系在一起。冬天大地被冻出一条条口子，寸草不生，自然吃不到新鲜的蔬菜和水果。

冻梨看起来不好看，冻得像黑铁球一般，啃一口连牙印都留不下。吃冻梨有方法，不能硬碰硬地啃，那样牙齿受不了，半天吃不到一块梨肉。吃前把冻梨用冷水拔一阵子，冻梨在清水中一点点地缓解，薄冰和梨脱开，冰壳透明，还保持梨的形状。这时梨肉松软，吃一口既有梨的香甜，又有冰冻后特殊的味道。

雪后的城市特别安静，风歇息了，地上的积雪被来往的人和车辆踩得脏污，到处是乱七八糟的脚印。我走出大院，马路上行人不多，各个行色匆匆，急着赶回家。果品店离我家不远，我却要走很长时间。一路走一路玩，戴着棉手捂子，拎一只苞米叶子编的草筐，上面画两只熊猫抱竹子，还写一行红字“为人民服务”，里衬一层压花纹的塑料布。筐很大，我嫌麻烦，干脆倒扣在棉帽子上。军分区的大墙上拦一道铁丝网，灰色的楼，尖尖的拱顶，大门旁边竖着涂绿漆的木头岗亭。站岗的哨兵全副武装，棉帽子，棉大衣，大头鞋，枪上明晃晃的刺刀，闪着清冷的光，庄严得让人心生敬畏。铁丝网上栖着的鸟儿，嗓子被一夜大雪洗得清亮，一早不停地唱，小脑袋扭来扭去，踏雪的嘎吱声也没有惊跑它，我攥起一团雪向它抛去，鸟儿不情愿地抗议，向远处飞走。

东市场是热闹的地方，街道不宽，两边是低矮的店铺，来往的人穿着单调，脸色冷漠，与雪后晴朗的天空很不和谐。果品店在市场拐角，对面是防空洞的大铁门，门上锁着大锁头。这是一座木板建筑，房子又高又大，比周围的大出一号。房子山墙上的木板，被风吹雨淋雪打，有的地方翘起，钉子帽锈痕斑斑。木质的纹路深暗，上面贴的标语被风撕得支离破碎。果品店里的售货员是几个老头子，穿一身臃肿的棉衣，扎一条蓝围裙，戴着蓝套袖。平时顾客少，大伙儿围坐在炉子边，烤火取暖，抽烟，唠嗑。

房子里空间高大，空花筐摞在一侧。堆果品的木案子上，冻梨堆得小山一样，另一堆是橘黄的冻柿子，还有一堆山核桃。店里没什么鲜货，就这单调的几样。当售货员把一秤盘子冻梨倒进草筐，我看到他的手冻裂得粗粗糙糙。

冻梨一个个倒进草筐，他滚进我的心里。冻梨上不了大席面，也不是天天能吃到的。经过风雪的洗礼，冻梨滋味醇厚，是东北大人小孩的最爱。

生豆芽

冬天青菜少，我们家要生一些黄豆芽，改变饭桌上的单调。

生豆芽不大讲究，只要挑出带虫眼的豆就行。豆入盆前，沸水烫一下，晒凉。东北黑土地的大豆全国闻名，出油多，蛋白质多，粒大饱满，生出的豆芽精神。泥瓦盆的侧面，有淌水的出口，浇水的时候，自然地流出，下面有接水的小盆。泥瓦盆略高于一般的盆，空盆敲上去发出的声响，浑厚而不刺耳，有泥土的朴实。泥土经过高温的烧烤，发生质的裂变，泛出的色泽，古老而神秘。我们家少不了生一盆豆芽，泥瓦盆占据炕头一角。家中的炕头是地位的象征，老人白天坐在炕头，晚上睡在炕头。炕头是最热的地方，老人睡了舒筋活骨，孩子睡了容易上火，嘴上起泡。

西伯利亚的寒流席卷骤雪，一夜工夫，将冬天推到眼前。布尔哈通河结了厚冰，雪压得树枝弓起腰身，出现美丽的树挂。飞鸟冻僵翅膀，无法挣脱死亡的束缚，再也飞不到自己的巢穴，有时走在大地上，能捡到冻死的鸟儿。火烧得咕噜咕噜响，火炕和火墙，使室温保持在零上二十几度。烟囱冒出的烟，在清冷的空气中舒缓，不急不躁，行走的人有了欣然之感。豆芽躲开冰雪的侵袭，在泥瓦盆的温暖中孕育，它不断地吮吸养分，快乐地生长。泥瓦盆装上黄豆，生命和生命结合在一起。一个个种子生根发芽，它们有了另一种意义。黄豆上盖上湿毛巾，保持潮湿，每天至少浇两遍清水。每次母亲让我给豆芽浇水，我从来都应付了事，从水缸中舀一瓢水，从顶上哗啦一倒。母亲对豆芽有特殊的感情，动作轻缓，怕豆芽受到惊扰。

豆芽是冬天餐桌上的好菜，豆芽做的热汤端上饭桌，喝一碗，驱散寒气。豆芽可凉拌应急，家里来客人的时候，豆芽焯一下，在盘中堆成小山，浇上炒熟的瘦肉丝和辣椒油，倒上陈醋拌匀，是一盘下酒的好菜。豆芽可炒，油开后下锅，放上几颗红辣椒借味，红、黄和白色搭配，勾起人们的食欲。

小时候，我对黄豆芽很有好感，因为大白菜、土豆和萝卜吃得太多。那时上顿白菜炖土豆，下顿辣椒炒白菜，要么就是土豆丝，豆芽缓解了冬天的单调乏味，不由得让人喜欢。

晒干菜

东北的冬天漫长，吃菜便成大问题。所以要早做准备，晒些干菜，免得闹饥荒。

清朝的大散文家袁枚，辞官定居江宁，在南京筑建“随园”，自称随园老人，写下大量文字。袁枚是美食家，每品好菜，细心地记下做法。他对饮食有独特的理解，但他的《随园食单》并没有记录东北菜。

东北人喜欢吃炖菜，一锅热气腾腾的乱炖，一碗白酒，一伙人聚一起，粗声大嗓门，吆五喝六地一吵，一切烦恼顿消。干菜炖肉，干菜炒肉，都非常好吃，但上不了大席面，平常百姓家也不是天天有的。

东北菜喜粗盐粒，盐放到锅台上的瓦罐中，随手一抓扔在菜里。秋天腌菜的时候，更离不开粗盐粒了，铺一层菜，撒一把粗盐粒，这合乎东北人直爽的性格。

到了夏天，满山青绿，田园中各色青菜满足人们的饭桌，菠菜、生菜、茄子、西红柿、黄瓜、豆角，轮番摆上桌子。有些菜适宜蘸酱生吃，延边人喜欢打饭包吃，铺开一片生菜，放一段青葱、香菜，加一勺米饭和酱卷一起。这个季节的砂锅和火锅，则落满灰尘，躲在一旁休息养生。

人们没有忘记冬天，盘算秋天得买多少秋白菜，进多少土豆，老菜窖不行，要找地方挖新菜窖。有条件的人家，砖砌的菜窖很阔气，里外水泥浇筑，上面再建装杂货的小仓房。一般人家的窖在院子中，选择土层好的地方。窖顶用粗柞木做梁，铺上板皮、稻草，窖口安一个方木框，埋上厚土。这种土窖结实，到了冬天，窖壁爬满霜花，泥土味闻着舒服。晚秋时晒好的菜和腌的咸菜在冻前下窖，白菜一排排摞在两旁，每层垫两根木条，便于透气，不易腐烂。萝卜、胡萝卜埋在沙堆中，这种土办法能保持萝卜的生脆，不会发糠。来年立春，沙里的萝卜除了烙成春饼，还能啃春萝卜。

夏天是令人愉快的季节，各种青菜丰富，把多余的菜晒成干菜，贮藏起来，留到冬天吃。在寒冷的冬天，一盘干菜，加一点肉丝爆炒，香味醇厚。晒菜的日子让人心烦，菜早上端出去，太阳落山时收回。菜一经雨淋发霉，就要全部倒掉，所以要看天气，听天气预报。我家有一本农村普及手册，有关于天气的谚语，时间长了，我都能背下来，什么“燕子低飞，虫过道，大雨不久就来到”“钩钩云，雨淋淋”。我家院子小，碎干菜就晒到仓房顶上，我每天爬上爬下。房顶的瓦不是机制瓦，而是用薄铁皮压制的带棱瓦。黄昏爬上晒了一天的房顶，铁皮和菜也有温度，干菜收好，用绳子系着篮子吊到地下。在房顶上晒的大多是不容易挂的菜：豆角、黄瓜、角瓜、辣椒。晒茄子是有刀法的，最好用电工刀，刀尖磨得锋快。茄子扒去根部的茄鞘，刀从顶划到底，再从底划到顶，成V型，不能划断。加工出来的茄子搭在绳上，一串串的，省去空间。划得好的，大小粗细均匀，挂在那儿挺漂亮。茄干晒好后，捆起来便于保存。

冬天的气温降到零下三十几度，炕烧得热，漫天飘飞的大雪，掩盖一切。一家人坐在火炕上，围着方桌，端上一盆骨头炖干豆角，酸菜炖边白肉，炸一盘干辣椒瓢，热的、辣的，令人胃口大开，吃得浑身是汗。炕烧得太热的在炕头坐屁股下得垫上枕头。可口的菜，大人免不了喝几口小酒。

篮子里的干菜，一天天地减少，人们等待新年的到来。除了包饺子，放鞭炮，还有一桌子压轴的、丰盛的菜肴。干菜必不可少，它们纷纷出场，色泽不一。

干菜吃完，美好的春天也就到来了。

寻常蒜

我家乡说的“蒜酱”，就是把蒜捣碎成泥，兑入酱油后的作料。蒜泥入碗，倒入酱油，淋上几滴香油，摆在桌子中间，放入一只小勺，食用的人，拿勺舀两下，有了勾人的食欲。浇上醋和韭菜花，吃猪肉酸菜馅的饺子蘸蒜酱，风味与众不同。

冬天吃酸菜，不能没有蒜酱，吃白肉蘸蒜酱，除油腻而散出香味。蒜辣和辣椒的辣入口的感觉不同，热烈而火爆的激情，燃起饭桌上的情绪。

秋天时，我家腌朝鲜族的“辣白菜”，夜晚在灯下，坐在炕头和母亲一起剥蒜。腌菜要费很多蒜，剥好的蒜扔进盆中，堆起的蒜瓣在灯光下，等下一道工序。剥蒜太多，手指麻木，渗入肌肤中有辣的感觉。外屋传来蛐蛐的叫声，藏在哪个角落里，我试图抓住它，几次都无法捕到影子。我蹲在地中央，在黑暗中四处踅摸，等了很长时间，它一声不叫。蛐蛐闻到蒜的气味，刺激食欲，叫得开心，捣蒜的声音，割不断尖厉的鸣唱。母亲说，可能是最后一只蛐蛐，过几天就听不到蛐蛐叫了，它将进入冬眠期。

夜晚我家响起捣蒜声，蒜味在空气中游动。

年三十的晚上，午夜时分，我们家必定吃水饺，这是辞旧迎新的仪式。晚饭一过，大人们就忙碌起来，剁馅的，揉面的，擦干净摆饺子的盖帘，准备包午夜吃的水饺，还要包出大年初一吃的。先包的水饺，摆在盖帘上，循着帘的圆形码圈儿，不能乱放一气，端到外面冻上。我插不上手，分配给我的活儿是捣蒜，这是我最不愿意干的活儿。一瓣瓣地剥皮，清水洗净，放到捣蒜缸子里，左手扶缸，右手握槌，一下下地砸。蒜不老实，一碰上槌，它就乱跑，捣蒜时放一点食盐，捣时就顺畅些。

窗外热闹，小朋友的叫喊声，穿过寒冷的雪夜，钻透挂着霜花的玻璃传进来。“二踢脚”“穿天红”在空中炸裂，发出诱人的响声。我在炕头炕了半个月的鞭炮，等着我出门去放。父亲下了一道令，让我老老实实地捣蒜。我哪有心思干活，蒜皮丢了一地，还遇到好几个坏蒜瓣，仿佛它故意和我作对。我有点疯狂，捣时一阵猛砸，也不知是缸子用得年头太久，还是我的劲过大，蒜缸子突然破碎。年三十晚上，打坏东西不吉祥，煮饺子不说皮坏，而要说挣丌。父亲瞅着我，一脸怒色，手随时准备伸出，打我一个嘴巴子。奶奶见此情景说：“岁岁平安，今年家中要有喜事。”化解了一场激烈的冲突。父亲转身离去，奶奶对我说：“你去放鞭吧。”奶奶收拾碎裂的蒜缸子。我穿好衣服，戴上棉帽子，兜里装着还有温度的鞭炮，推开房门，迎面一阵清寒，但我仍向胡同里跑去。

手上的蒜味，被清冷冻住。掏出小鞭，对准燃烧的马粪纸，捻子点燃，顺手扔向空中，脆响在空中炸开，鞭炮声中迎来新的一年。

家乡的酱

家乡有下酱的习俗，走进腊月，挑选饱满的大豆，铁锅翻炒，温水浸泡，鼓胀的豆粒，用笊篱捞出，回锅烀煮，倒入适量的水，不断地翻锅，锅开小火慢煨。做好的酱块，牛皮纸封好，放置阴凉处发酵一冬。翌年农历四月，选择初八、十八一些好日子下酱。一套严格的传统工艺，全凭经验完成。谁家的酱好，引得邻人和亲朋的称赞，探亲访友，酱块是最受人喜爱的礼物。酱是三餐必不可少的食物，有客人来，上一碟酱。朝鲜族人更是离不开酱，逢餐必有，酱汤和辣椒酱，味道辛辣香美，增进食欲。2008 年，我回延吉，有一天，朋友请我去一家朝鲜族风味的饭店吃饭，上了两个石锅，一锅米饭，一锅酱汤，还有两碟泡菜，吃后难以忘怀。我好喝酱汤，回滨州后做过几次，但不是那个味，我想和酱有关系，从此以后，没有再做过，汤看似简单，其实不是一回事。

上个世纪七十年代，物资匮乏，买大酱必须排队。关痫子小卖部在东方红影院边上，排队的时候，可以观察马路上往来的人，看宣传栏上的电影海报，排多长时间也不会寂寞。小卖部店面不大，只有一间屋子，货架上没什么，摆着一列罐头，几包火柴，还有日常的杂货。柜台边放着两口大缸，分别盛酱油和米醋，装酱的木桶有盖子。关瘸子的着装一年四季没大变化，一顶绿军帽，天天必戴。他是荣誉军人，腿是抗美援朝时受的伤。他来我们学校作爱国主义报告时，拄着手杖，步入学校时，掌声雷动，全校师生列队欢迎，给他戴上一条红领巾。关瘸子性格温和，从未见他发过脾气，脸上一天到晚挂着笑容，我们去买东西，他偶尔开个玩笑。大酱不是每天都有，紧张时，人们早起排队，多时买到十几斤，盖上纱布，穿过影院边上的胡同，沿着军分区的墙根回家。母亲把酱装在坛子里，纱布包上盐粒，扎紧放在酱上。家中有了酱，生活变得有滋味。熬酱汤时，放土豆一炖，满屋子飘起酱的香气。

家乡的大酱可做各种佳肴，肉丝炒酱、炸鸡蛋酱、辣椒酱。蒸辣椒酱，我现在还经常做。碗中放入酱，青尖椒洗净覆酱上，淋浇食油，进屉蒸熟。青尖椒熟烂，筷子搅拌，酱与青尖椒融和，便可动口吃。汪曾祺写了不少关于食物的散文，他在《知味集》一书的序言中说："浙中清馋，无过张岱，白下老饕，端让随园。中国是一个很讲究吃的国家，文人很多都爱吃，会吃，吃得很精，不但会吃，而且善于谈吃。"我家乡的"酱蒸青辣"，汪曾祺怕是没有吃过。家乡人喜吃蘸酱菜，高粱秸编的笸箩中，有黄瓜条、水萝卜、水芹菜、小根蒜、曲么菜、婆婆丁、小葱、生菜，蘸着大酱，吃起来可口开胃。家乡有一句话："小葱蘸大酱，越吃越健康。"

2007年6月，高维春陪我到二河镇，中午在一家朝鲜族农家用餐。盘腿坐在炕上，一笸箩蘸酱菜，野菜长在大地，吃时采摘，叶子浮有水湿。其中"美哪里"、苏子叶新从地里摘出，这两种野菜，味足清新。我认识苏子叶，"美哪里"面相熟，不敢说它的名字，高维春告诉我，它就是水芹菜，"美哪里"是朝译汉的名字。

酱这种习俗，关云德曾做过考证。据说清太祖努尔哈赤当年南征北战打天下，统一女真各部后，又率兵南下。由于连年征战，军中给养是大问题，经常缺少盐，将士们的体力明显下降，努尔哈赤想出一计，每次行军到一个地方，都派兵士们去征集豆酱，做成酱块，用作军中必须保证的给养之一，行军打仗，每顿饭以酱蘸食山野菜为主要副食菜品。为给作战将士补充营养，厨师们将白菜叶洗净，用制作出的四种菜酱：榛子酱、黄瓜酱、豌豆酱、萝卜酱，包菜包饭吃，这种方便快捷而富有营养的食品，大大提高了八旗将士们的征战能力，在军事上赢得了宝贵的时间，打了不少大胜仗。清军一路南下，所向披靡，所以，八旗将士们都称酱菜包为“胜利包”，满语称为“乏克”，即吃“包儿饭”的意思。

“包儿饭”延边叫“打饭包”，大人小孩都好这口。生菜摊在掌中，放上一勺米饭，几段香菜和葱丝，夹酱包起来吃。只要有酱，有生菜和米饭，人们总要“打饭包”。这种吃法，一代代地传下来。

远离家乡，未改吃酱的习惯，一天三顿饭，不能无酱。我来山东三十年，还是吃不惯甜面酱，原料不一，工艺不一，酱入口的味道不同。剧场街有一家敦化人开的东北特产商店，妻子常去买一些，大米、蘑菇、木耳、道拉吉根、粉条、咸菜，自然还有大酱。

“擦子”中的母爱

我爱吃母亲做的“擦子”，总也吃不够。锅里的水开了，发好的苞米面，在母亲手中团一团，烀在锅壁上。这是个技术活，沿着开水的边儿，贴上一溜大饼子。锅温度掌握不好，面稀了饼子挂不住，会滑落水里。每到这时，火力必须足，我用力摇动风匣，灶膛里的火烧得颤动，火焰顶在锅底，沸水升起雾气，翻滚的水花越来越急。

贴好饼子，水中坐上一碗米饭，这是母亲给我的照顾，我坚决不吃大饼子。旁边的碗里放着酱，摆几根青尖椒，淋几滴豆油，出锅后筷子搅拌，上桌时香气扑鼻。

“擦子”是满族祖先传下来的吃法。听父亲说，满族人愿意吃酸汤子，民间也叫“擦子”，原料是苞米和荞麦，二者泡在水中发酵后，磨成水面子，用汤子套，也可用手挤入开水中，夏日凉拌，覆上调配的作料。我家的“擦子”和传统的不一样。每天除了大糙子粥，就是大饼子，母亲为了调我们的胃口，隔三差五改变“擦子”的做法。

我们家没有专门做擦子的工具，母亲就用笊篱眼挤压。苞米面掺一半白面粉，二合一做“擦子”，条子漏出成型，煮熟后浇上熟油，放一点盐，撒上香菜和葱末，浇上炸的辣椒油，就着鸡蛋酱，风味独特，口感滑爽。

隔几天，我就让母亲做“擦子”。冬天时，天气寒冷，有时早晨睁开眼，窗外大雪停息，门和框子冻在一起。我起来的第一件事是用斧子敲碎冰块，奋力推开门。院子里的雪积了厚厚一层，踩在上面嘎吱嘎吱地响，我戴上“棉手捂子”去扫雪。

笤帚推不动雪，必须用平锹撮，堆在院子中间。爬犁拴上装梨的大花筐，雪装在里面拍实，运到大院的空地上。胡同里的雪地上印着脚印，还有爬犁的痕迹，邻居家的孩子比我起得早。

在外面冻了一早上，进屋后摘下棉帽子，甩在炕上，双手不停地搓。母亲在锅台前忙碌着做“擦子”。

一块热“擦子”，赶走了身上的寒气。

家乡的嘎巴

家乡的食物，有的外地人别说吃，见都没见过，比如嘎巴。嘎巴是很平常的食物，掀开大锅盖，热气卷着米饭的香味，在空中滚动，铲子铲出饭，锅底的嘎巴是孩子们的最爱。

嘎巴咬起来爽脆，清香溢口，“熬啃”了吃几口嘎巴，垫巴垫巴。有一年学校搞“备战备荒为人民”，停课一个月。前一天，全校师生在操场开动员大会，校长站在领操台上，手持电喇叭，激情飞扬地作报告，调动学生们的热情。第二天我们打着红旗，一路唱着歌，这个班歌声落下，那个班歌声又起，我们班唱的是《打靶归来》，有的同学故意拖曳尾音。劳动地点在东铁桥附近，离家十几里路，每天和同学们结伴，背着午饭和水，拎着盆子出发。班里有个女同学的父亲在医院药剂室，在她喝的水中放了糖精和醋，兑上色素，粉红的颜色离老远就能看到，让男同学羡慕。一天在河边晒得挺难受，河滩上没有一棵树，沙子被阳光一晒，潮湿和热浪纠缠在一块儿，人如在蒸浴中。劳动是在河滩上，抠出乒乓球大小的河卵石，铁丝做的挠子，弯成手掌张廾的形状，然后用细铁丝捆绑，同学们一趟趟地往返，奔走在石堆和捡石子的地方。石子不能乱放，堆成梯形，校领导小组拿着皮尺量石堆的大小。老师坐在石堆边上，谁送去一盆，她就在本子上记一次，每班每人每天都有任务。堆石子的时候，老师都选地势高一点的地方，这样可以加快进度，省了很多盆的石子。班级与班级之间展开竞赛，收工的时候，要评当天的“标兵”，完成少了，劳动态度不好的，要挨批评。云彩在天边拖着美丽的尾巴，河上漂浮碎裂的色彩，吹来的风拂去身上的汗水。激情和体力被劳动耗尽，同学们坐在河滩上，听老师总结一天劳动的表现。我们是迎着初升的太阳，顶着落日的余晖。那个漫长酷热的夏天，我年满十四岁。

我们班主任是位女老师，戴一顶草帽，挽着裤腿，穿黑塑料凉鞋。早上集合的第一件事，作短暂的动员，她从国内形势扯到国外形势，说这些石子是备战、修防空洞用的。捡石子体现一个人的思想觉悟，提高警惕，保卫祖国，一点不能马虎。她强调纪律、注意事项，一声令下，同学们四散开，一路敲着盆，大声叫喊。我选在河边，离老师远远的，偷点懒也不会被看到，从小我就性格散漫，由此可见。布尔哈通河是满语汉译，这是我后来知道的。清清的河水，没有一点浑浊，能看清河底的沙子。有时观察水中游动的鲫瓜子，自由自在，我不想惊动它，也不想让别的同学打扰它。有的同学见到鱼儿，大声叫喊，引来一群同学连追带赶，用盆子捞，动手抓，等弄到手鱼都死了。水边的“妈灵”特多，东北人管蜻蜓叫“妈灵”，水边的大都是“水妈灵”，头大，身子大，翅膀有黑点，它们不时地点水，引得我控制不住，卷起裤腿蹚水下河，趺趺撞撞，险些扑水里。

上午十点多钟我就饿了，坐在河边的大石头上，一边吃着嘎巴，一边向水中扔卵石打水漂，看石子在水面跳跃，泛起水花。同学们中午饭都很丰富，有的带酱肉，有的是炒鸡蛋，再好一点的是咸鱼。我没带那么多好吃的，母亲就尽量让菜变化多一点，豆腐干炒葱丝，鸡蛋炒韭菜。她怕我饿了没有东西吃，用手绢包一块嘎巴放我兜里。

中午是快乐的时候，一声哨响，同学们快速分开，关系好的是一伙，各自找理想的位置吃饭。我一个人坐在河边，面对着布尔哈通河。母亲把饭盒包得规整，饭盒外面用大手绢系紧，对角线系上，怎么晃悠饭盒盖都不会掉。太阳晒得出了不少汗，一上午水喝得差不多了。吃完饭，蹚水到河中央，用饭盒舀流动的水喝。河水清澈，哗哗地向前流去。这条河穿越市中心，每次过桥的时候，我都要趴在桥栏上，看一阵子河水。冬天和小朋友们去河上滑冰，打滑刺溜，抽冰嘎。河岸上长了很多野艾蒿，清香味和水的潮湿气拧在一起，风吹不乱，雨打不散。干了一上午的活，找块干净的坑，把自己藏起来，眯一会儿眼睛。

第三辑　日常小调

头刀韭菜盒子

2015年12月7日，高淳海去广州参加全国心理学会议，我一个人在住处。清晨起来，天还没亮，清水煮挂面，一碟小咸菜，凑合着吃一顿早餐，然后是每天例行的散步。近两天北碚没有下雨，缙云山露出真实的面貌，这是它最美的时候。

走下健身梯，身上出一层汗，拐向卢作孚路，上小超市买鸡蛋。今天人倒不多，我看到有新鲜的韭菜，便买了一把，准备午间吃。

肩上挎着装菜的兜子，闻到淡淡的韭香味，一路想韭菜怎么吃，鸡蛋炒韭菜，简单不费事儿，或包水饺。这几天校对一本书稿，其中有一段谈到，吉林果子楼把上千种贡品送往京城，供清朝皇室享用。“打牲采捕贡品名录”中，野生植物类一项有：人参、百合、山药、韭菜、小根菜、松子、松茸、乌拉草、蘑菇、木耳等。韭菜是当年的贡品，皇帝也好这口。

吉林为满族发祥地，皇室的祭品、用品多取自松花江两岸，东珠、人参、蜂蜜、松子、鲟鳇鱼等，几乎囊括全部土特产。顺治入关不久，在吉林设置打牲乌拉总管衙门，它与南方的“江宁织造”并驾齐驱，成为皇室两大贡品基地。大名鼎鼎的吉林果子楼，是吉林将军衙门设的专门管理贡品的机构。将军署是康熙十五年建的，内设有果子楼，地址在吉林市原上仪街，南临松花江岸，光绪十六年火灾被毁，光绪十八年重建。二百多年间，果子楼把上千种贡品送往京城，供皇室享用。果子楼顾名思义，它的功能是存贮、晾晒、加工、包装各种贡品，其实就是货物中转站。采捕回来的贡品需在果子楼存放，有些物品需要不断晾晒，还要进一步加工，然后按照不同物品的包装规格进行包装。凡是与吃有关的贡品，都要经过果子楼的检验和重新加工，达到贡品的质量要求。

2015 年 10 月 12 日，我的新书签售会在沈阳北方图书城举行，我提前两天到达，11 号由朋友陪同，去故宫参观。高墙大院的皇宫，在历史上有多少事情发生，阅读清史文献档案，总是和它有关系。

当年康熙东巡路上，都吃些什么食物？宫中档案对康熙帝三次东巡的膳食有详细记载。康熙首次东巡盛京，主要保持吃黏食和甜食的生活习惯。东巡途中从皇庄征调的粮食，有高粱、稷米、黄米、小米、稗米、燕麦、粳米，还有小豆、绿豆等。“康熙三十七年东巡盛京内务府备办菜肴一览表”上清楚地写着：猪油炒白菜、猪油炒芹菜、猪油炒胡萝卜、酱烧茄子、盐韭菜盒子、腌水焯酱瓜、水焯白菜心等。韭菜盒子是百姓家平常桌上饭，皇帝也爱吃。韭菜不是名贵菜，自古就有“春菜第一美食”的美誉。韭菜也叫起阳草，有补肾助阳、固精等功效。

韭菜在我国已有三千多年的栽培历史，在汉代，就已有利用温室生产韭菜的技术，到了北宋时期已有韭黄生产，清代已经利用风障畦进行韭菜覆盖栽培。韭菜于 9 世纪传入日本，后传入东亚各国，北至库页岛、朝鲜，南至越南、泰国、柬埔寨，东至美国的夏威夷等。对于这种看似普通，其实不一般的蔬菜，文人骚客自然偏爱，唐代诗人杜甫留下诗句，“夜雨剪春韭，新炊间黄粱”。

小时候，我愿意吃母亲做的韭菜盒子。头刀韭菜最好，菜叶嫩，尤其春天，万物复苏，头刀韭菜是飞来的燕子，带给人们祝福。韭菜择洗干净，放在帘子上控干水，切碎做馅。打几个鸡蛋，炒成小碎块，拌入切好的韭菜里，加入香油、豆油、虾皮、食盐、味精，馅子飘出的香气，在屋子里乱窜，勾起人的食欲。

一切准备就绪，和好的面也开始上劲。母亲搬来老面板，在上面揉面，用刀把大块面切分为三小块，揉成圆形面饼，从中间掏出洞，再两手转动，将面团成圆条，断开揪成剂子，剂子擀成皮，面皮夹入韭菜馅，对折，用力捏紧，防止露馅。把韭菜盒子放进热锅，火不能太急，否则烙糊。韭菜盒子冒出香味，适时给它翻面。

刚出锅的韭菜盒子要趁热乎吃。蘸料必须讲究，蒜酱、辣椒油和醋一调兑，蘸韭菜盒子吃，其味绵长，百吃不厌。

一把韭菜引出这许多回忆，我决定包韭菜盒子。在家的时候，从未包过这玩意，每次吃韭菜盒子，都是妻子包，韭菜盒子对于我是大难题。如今客居异乡，包韭菜盒子，缓解思乡之情。

我按照记忆中的流程操作，剁馅、和面、入锅、出锅。看着盘中摆着的韭菜盒子，想起童年馋嘴的样子，曾经吃热韭菜盒子时烫坏了嘴里的皮，那日子真远了。

家乡干豆腐

近日读汪曾祺的书，似乎看到他泡一壶茶，点燃一支烟，望着眼前升起的烟雾，聊着家乡的小吃。汪曾祺不愧是美食家，普通的豆腐，让他说得有滋有味，满屋子飘散豆香。雨天好读书，心安静，扯出雨丝一样的长绪。

我家乡的豆腐好，这么说是有缘由的。那里的土质天然优良，是盛产大豆的好地方。豆腐主要看豆质，如果豆子不行，手艺再好，做出的豆腐也不会好吃。我国古时称大豆为菽，含有丰富的蛋白质。大量的古代文献证明，我国已有五千多年的大豆种植史，在东北、华北、川陕一带及长江下游地区均有出产，以东北大豆质量最优。清严可均校辑《全上古三代秦汉三国六朝文》卷一中指出："大豆生于槐，出于沮石之峪中。九十日华，六十日熟，凡一百五十日成，忌于卯。"张寒晖在抗战时创作的《松花江上》，歌词中写道："那里有森林煤矿，还有那漫山遍野的大豆高粱。"大豆作为东北典型的经济作物，是近代史上极其重要的战略物资。日本关东军曾拿东北大豆当行军必备品，日本在东北掠夺的物资中，必须要提的一项就是大豆。处于辽宁省东北部、辽河中游的开原，曾是大豆集散地。当年的粮谷市场如今已经消失，很难找到与日本抢掠大豆有关的历史遗迹，但老人们依然记得那段历史。

豆腐正如汪曾祺所说，分为南豆腐、北豆腐两种。干豆腐只是衍生出来的一种，它是东北人的叫法，你对山东人说干豆腐，他弄不明白，一头雾水，他们叫豆腐皮，或是千张。干豆腐是压成薄片的豆腐制品。家乡的干豆腐薄，拿起来对着阳光照，几乎能看到对面，生吃熟吃均可。干豆腐伴随着人们的饮食生活，深受东北人民钟爱，它不但是各种美食的制作材料，本身也是精美的菜肴。

尖椒干豆腐是典型的东北菜。干豆腐又薄又筋道，切成条或菱形，与尖辣椒快火爆炒，辣椒与干豆腐在锅中纠缠，在火的助力下，发生火爆的变化，再用淀粉勾芡。简单的家常菜，绿黄相间，香辣适宜，深受大众喜爱，成为当家小菜。即使到外面馆子吃饭，它也是点单率高的菜，既能下饭，也能下酒。

干豆腐在我家也大受欢迎。父亲将干豆腐切成小方块，拿到屉上蒸一会儿，吃饭时端上，在掌中摊开，抹一点炸的鸡蛋酱，放入一段葱，卷起入口，味道香美。

2015 年 11 月，我在北碚校对我主编的《大散文》第二期，读于德北写的文章《豆腐串》。上世纪 80 年代中期，于德北在长春市四分局市场的摊床遇见过韩在发，当时老人有六十多岁，他的摊床卖烧鸡，捎带卖素鸡豆腐，这些都是副业，他主要卖的是鸡汤豆腐串，场面比较热烈，每次一出锅，就被顾客抢购一空。这个故事的字数不多，一千多字，但重量不一般，它讲的不仅是老人与鸡汤豆腐串，而是沉淀的历史文化。

长春鸡汤豆腐串的真正发明者叫韩在发，老家居关里。韩在发年幼的时候因家境贫寒，随祖父闯关东来到长春，长春解放后，勤勉持家的他推着小车走街串巷卖牛羊肉和烧鸡，几经观察与琢磨，打起了卖干豆腐串的主意。干豆腐成本低，贫富人家均喜食，如果把东北人干豆腐卷大葱的饮食习惯稍作“引导”，生意一定会有所改观。

韩在发做的豆腐串与众不同，特点是配料齐全，用汤精当，每次煮干豆腐前他都要细心做好各种准备——先将鸡汤烧好，佐以各种配料，然后加入花椒、大料、食盐，接着用小竹签把干豆腐十个十个地串起来，放入锅中用老汤煮，待鸡汤味道渗入，捞出控干后再涂上香油放入盘中。

于德北讲述的不仅是小故事，还有一种怀念的伤感，不似汪曾祺的闲情自在。读他俩的文字，犹如吃南豆腐和北豆腐，两种不同的风格。我打电话打听鸡汤豆腐串创始人的近况，于德北说老人早不在了，即使有再多的人卖鸡汤豆腐串，也比不上老人亲手制作的味道温暖。

这几年，一直在东北的大地上奔波，追踪探寻历史的遗迹，每次到长春，每顿饭必点尖椒干豆腐，一箸入口，品咂时间中的味道。

杭州知味观有一道名菜：炸响铃。瘦肉剁成细馅，加葱花细姜末，入盐，把肉馅包在豆腐皮（如过干，要少润一点水）内，成一卷，用刀剁成寸许长的小段，下油锅炸得馅熟皮酥，即可捞出。油温不可太高，太高豆皮易煳。这菜嚼起来发脆响，形略似铃，故名响铃。

汪曾祺说的这道南方菜，虽然是干豆腐做的，但不见得有多好吃。它的主要食材干豆腐，无法和我家乡的干豆腐媲美。小时候，一到年关，母亲剁一些肉馅，将干豆腐摊开，抖好的肉馅平铺，然后卷起，调半碗粉糊汁，做封口使用。上屉蒸熟，来客人时上锅熘，切成片状，装盘即可上桌。干豆腐卷百吃不厌，但干豆腐质量要好，皮厚则口感不爽。

如果有人糊弄说他卖的是东北干豆腐，拿一张对着太阳照，就可以识别真假。

招人的黄豆

东北黄豆远近闻名，不仅做豆腐、压豆油，还可以做一系列菜肴。东北的冬天难熬，基本老三样：萝卜、白菜、土豆，一天三顿饭，再高明的厨子，也翻不出多少新花样。人们做一些小菜，调配胃口，常见的是黄豆衍生系列的品种：盐酥豆、酱油豆、生豆芽。这些小菜既拌饭吃，又可下酒，做法简单，看过一次，一辈子忘不掉。

黄豆清水洗净，入锅干炒，后装入碗中，趁热倒酱油。酱油遭遇热豆，冷与热融合，咸味杀进豆内，一粒黄豆发生质的变化。

十二月的北碚，屋里和外面温度差不了多少，阴冷无孔不入。我半倚床头，打开电热毯，身上盖着棉被，偷取一点暖意，借助床头柜上的台灯，读汪曾祺的书。他真会讲，一个平常的黄豆，讲得逗出馋虫。小时候，我奉命炒黄豆，好做酱油豆，由于极不情愿，差点把黄豆炒出火，为此挨一顿骂，险些挨笤帚疙瘩。

我家炕头的青瓦盆，占据一个好位置，堆着长出芽的黄豆，豆芽可清炒可凉拌。东北人豪气，外面大雪纷舞，天空见不到飞鸟，房檐挂着倒垂的冰溜子，屋里屋外两重天，炕烧得烫屁股，放上炕桌，端上一盘凉拌豆芽。焯好的豆芽，堆成小山状，淋上香油，浇上陈醋，倒上酱油，舀几勺辣椒油，几种颜色、味道相配，别具风味。吃时筷子推倒，然后调拌，这时孩子们不能动，必须大人上手。如果吊豆芽汤，那又和凉拌对比鲜明，蒜辣、椒香、寒意，它们个性突出，拧在一起的时候，在身体中发生裂变。东北还有一道好吃的名菜——黄豆炖猪皮，黄豆泡胀，猪皮刮去多余的肥肉，冲洗干净，切条，放入沸水焯，加入作料炖。

黄豆是人们下饭的好菜，除了生黄豆芽，还能做成咸盐豆。做咸盐豆的方法简单，将豆子炒好，趁热用盐水、小葱闷上几分钟，口感香脆又有嚼头。我喜欢吃酱油豆，将炒好的黄豆浸在酱油中，当咸菜下饭。

汪曾祺说，在中国的古代，豆叶可以当菜吃，他猜测是做羹。东北是大豆产地，没有听说叶子可以吃，资料档案上并无记载。

我和豆叶打过交道，秋天和邻居们上山搂豆叶，贮备起来，冬天引火用。每到星期天，早起拉着推车，走一个多小时，才到达目的地。站在山坡地上，看到收割后大地空荡荡的，天空显得无比高远，云在蓝天中舒卷，枯干的植物的枝叶在秋风里抖动。黄豆的叶子撒落在垄沟里，踩上去软乎乎的。我们一到地里，分头将车子停在地头上，扛着耙子从地边开始，满眼的山地，垄沟长得见不到边。远处早有人干开了，说话声穿过秋风传过来。顺着垄沟搂豆叶，几下子就拢起一小堆。我和老丛家的哥儿俩，他们往西搂着走，我往东搂，两伙人越离越远。我听到小青喊他哥过去，不知出了什么事，丢下耙子，在不平的地上跑，有几次险些跌倒，气喘吁吁地来到他们跟前。小青点起一堆火，往老鼠洞里灌烟。每到秋天，专门有人每天拎着口袋，扛着铁锹，在豆地里找老鼠洞，翻老鼠偷藏的黄豆，能收获几十斤。从地里翻出的黄豆，因为是从鼠洞里掏出来的，大都用来换豆腐。烟不住地钻进鼠洞里，浓烟熏得我流泪，老鼠顶不住了，从洞子里疯狂地跑出来，小青疯狂地追赶，嘴里骂出难听的话。掀开洞盖，里面有一堆黄豆堆在那里，他们哥儿俩高兴地拿出小布口袋装。

我心中有些不高兴，离开他们哥儿俩。他们来前对我讲带这个东西、带那个工具，还留了一手，就是不讲要备口袋，掏鼠洞时可以装黄豆。回到自己干活的地方，我就留心鼠洞了，遇到地上的洞，仔细地瞧一下，绝不轻易放过去。终于发现了一个老鼠洞，急忙跑过去向小青借来火柴，在他面前极力表现平静，想自己掘开洞，独自享受成功的喜悦。

我学着他们的样子，拢起一堆豆叶子，很快浓烟滚滚，笼罩洞口往里灌。肥硕的大老鼠，狼狈地从洞口钻出，穿越烟雾向远处逃跑了。我不去追，只对洞里的黄豆感兴趣。我搂的第一堆黄豆，装了满满一书包。

中午我们一块吃饭，从地上挖了个坑，将我压车的水泥板架上，下面烧起一堆豆叶，所有的饭盒搁放水泥板上，烟雾散去，饭盒被烧热。我们坐在豆叶垛子上，吃着各自的饭菜。大地上堆起几十个小豆叶堆，这是我们一上午的收获。吃过饭后，我们将搂起的豆叶装上车，结束一天的劳动。

黄豆对中国人民最大的贡献是能做豆腐及各种豆制品。如果没有豆腐，中国人民的生活将会缺一大块，和尚、尼姑、素菜馆的大师傅就通通“没戏”了。素菜除了冬菇、口蘑、金针、木耳、冬笋、竹笋，主要是靠豆腐、豆制品。素这个，素那个，只是豆制品变出的花样而已。

汪曾祺说的有道理，黄豆给贫困年代的生活，增添了很多丰富的色彩。没有它，过去的生活就像缺少了什么。这种记忆不是炫耀的资本，而是生存的苦难。

豆腐我喜欢吃，豆腐渣我却讨厌，一辈子不吃也不会想它的。小学放寒假，学校安排我们忆苦思甜，老师写介绍信，到学校盖上公章，几个人拉着爬犁，上面绑着盆，去豆腐房买豆腐渣。母亲把我们买回来的结了冰碴儿的豆腐渣，配上萝卜缨子，炖一锅忆苦饭，吃起来难吃，强迫自己往下咽。现在有人用豆腐渣拌上肉馅，氽丸子卖，我一点都不感兴趣，童年的情结，不会因时代变迁而消散。

黄豆是“豆中之王”，素有“植物肉”“绿色乳牛”的美誉。营养价值丰富，含蛋白质约 40%，为粮食之冠。黄豆不含胆固醇，可以有效降低人体中的胆固醇。黄豆一粒粒，黄澄澄的，圆鼓鼓的，招人喜欢。

经典的东北菜

家常菜猪肉炖粉条，一段时间不吃就有点想得慌。每次回父母身边，父亲拿出东北寄的粉条，做猪肉粉条炖豆腐。粉条用清水浸入盆中泡软，五花肉、豆腐切成骰子块。冷锅热油，投进葱花爆锅，放清水炝锅。肉不要翻炒，直接入锅，肉更鲜美。文火炖，一个炖字，体现菜的经典之处，五花肉炖熟出汁，入味柔嫩，肥而不腻。

每次父亲叨咕，还是东北的粉条好，正宗的土豆粉，哪个地方的都比不上。食材的质量，决定猪肉炖粉条的质量。我感觉人年龄越大，越愿意回忆过去的事情，一件小东西，触动他们悠长的怀念。我的想法不一定正确，东北的粉条，口感就是不一般。吉林省农安出产的粉条，质量最好，父亲不止一次赞美过。每次去长春，一上有粉条的菜，都会问服务员，这是农安的粉条吗？我从小生活的龙井市智新镇明东村有60多年的粉条加工历史，这是我最近才从新闻上知道的。每逢冬季，他们以传统方式制作粉条，从粉碎土豆、搅拌到压细条，再过水到晾干等一系列工序，全靠人工操作，加工的土豆粉条供不应求。

同样的猪肉炖粉条，是什么人做，在什么地方做，做出来的口味大不相同。初中时，我们去园艺农场学农。秋天是忧郁的季节，学生被派到园艺农场，那里离市区很远，只能每天带午饭。第一天的时候，站在地头的寒风中，一望无边的地中间，有碾出的轮胎印，丢弃的白菜帮子随处可见。远处的房屋，隐在阴冷的色调中。我们带着自备的铁锹，手缩在袖口里，冻得说不出话来。农工热情地讲着客气话，先是一段欢迎辞，然后说劳动对人的意义，再布置劳动任务。我们的任务是将小白菜铲下，然后堆成一堆，再用推车拉出去，堆到指定地点。这样的白菜送到市场上无人买，只能分到养鸡场、养猪场当饲料。天空的灰色，厚重地压向地面，天变得低矮。宽阔的菜地，垄沟光秃秃的，泥土膨胀。我们分工合作，一字排开。城市长大的孩子，没有经受过艰苦的磨炼，在抱怨声中，极不情愿地挥动铁锹，将冻白菜铲得稀烂向空中扬，发泄心里的怨气和反抗。女同学们大声惊叫，躲开散落的碎冰白菜。

我经受不住冷酷无情的天气折磨，总想撒尿。身上的衣服冻透了，缩成一团，瑟瑟发抖。竖起衣服的领子，背对着寒风，单薄的身子，仍无法抵挡凶猛的寒流。老师见我这副模样，出于师生之情，就交给了我另一项任务——给同学们热饭。

同学们的饭盒放在队部里。那是一排红砖房，屋子里有一条长木椅，墙四周挂满奖状，墙角堆两只高音喇叭和几杆彩旗，其中一杆印有“青年突击队”几个黄色大字。砖地已辨不出颜色，中间摆放着汽油桶改制的炉子。掏出炉膛的煤渣子，塞满苞米棒子，点燃一块油毡纸，沥青味刺鼻，黑色的油滴落在苞米棒子上引燃起来。从窗口探出的烟囱，吐出黑烟，炉子烧得滋滋作响，铁皮透出的热烘烤着屋子。冷和热在不大的空间，激烈地争斗，热气占上风，排挤出寒冷。我的手被煤灰弄得黑污，却怕刀子样的风吹在湿手上。

火烧得越来越旺，我蹲在炉火旁，此处与外面隔绝，除了听到风的呜咽，我不愿向窗外望一望。把同学们的饭盒从兜子中拿出，在炉盖上放几块砖，将饭盒一个个摆上。我戴着手套，不时地将饭盒倒一下位置，免得底下的热了，上面的还凉着。

中午农场感谢同学们的辛苦劳动，送来两桶猪肉粉条炖豆腐，桶中冒着热气飘出菜香。同学们冻了一上午，被热菜吸引过来。男生一桶，女生一桶，免得分配不匀。结果是男生的那桶很快抢光，又把女生的匀一些过来。

猪肉炖粉条，应该是大口地吃，且必须有气氛渲染。姥姥家做饭的锅大，落地灶，烧大块木柈子，屋子里总有木炭的气息，闻着味道独特，它烙在情感的纹理间。五花肉大，豆腐块大，姜块大，葱段大，再放进大料和八角。这几个大，弄得人心飘摇，恨不得坐在炕头，就等着猪肉炖粉条上桌。

离开这种气氛，厨师的手艺再高，食材再好，也不可能调兑出感人的氛围。我家的电磁炉，坐上精制的小锅，采用传统手艺，将各种食材炖上。炖出的味总是缺少了什么，说不清楚。吃，是在品味，也是在怀念。

小菜大拉皮

大拉皮是下酒菜，也是我喜爱的菜。每次只要回东北，不论在长春、哈尔滨，还是老家延吉，吃饭一定要有一盘大拉皮。高淳海说这是记忆散发的味道，引人寻找味道的记忆。这句话，一正一反，说出美食和人记忆的关系。

大拉皮是最平常不过的食材，做出来的味道却勾人食欲。黄瓜、胡萝卜、干豆腐、圆葱，这些菜切丝。里脊肉算是菜中的贵重物，将它切成丝，加料酒、水淀粉、胡椒粉抖匀，放油烧热下肉丝、生抽煸熟。这些是配菜，主角是拉皮。

老人喜欢自己动手做，看似简单的操作，做起来不易。土豆淀粉和清水按比例配好，入一点盐，搅成淀粉稀浆。做拉皮的工具是“旋子”，如果没有，可用平底铝盆。铝盆坐在沸水上，舀一大勺淀粉浆，投入盆中，捏住盆边，顺势用力一转，盆在水中快速旋转。浆流动时，摊得厚薄均匀，粉浆凝固成形。然后捞出铝盆，放进冷水盆中漂着，手指顺着盘子的边缘划一圈，拉皮就揭了下来。拉皮切好，码上肉丝，撒盐、味精、香油、陈醋、辣椒油、蒜末、香菜末等。我家乡延吉，喜欢用醋精，这个味足，和陈醋截然相反。

二十世纪七十年代，家里大多买不起淀粉，都是家里自己做。

母亲每次做土豆菜时，切好的土豆放在盆中浸泡，水中沉淀很多粉面子，把这些粉面子放在盖帘子上，拿到有阳光的地方晾晒。时间长了，就积攒出许多粉面子。

家里没有细箩，母亲就上邻居家借。箩有小盆那么大，薄竹皮圈起来，粉面子放进，两手晃动。箩上留下的是粗渣子，筛下的细粉面是做拉皮的上等材料。来到山东后，我学着母亲的操作方法，做了几次拉皮均未成功，从此便打消了这个念头。每次想大拉皮，就到菜市场，买做好的粉皮，但做出的形似，内容却相差太遥远。这道菜不是多放肉丝，多放香油，就能弥补味道的。

有一次请报社同事到家里吃饭，做了一盘粉皮拌菠菜。由于自己不会做拉皮，只能在菜市场买机器加工的粉皮替代。同事都是山东本地人，吃东北菜感觉风味独特，对我的手艺赞不绝口，弄得我有些不好意思。如果他们吃过东北正宗的拉皮，再品尝我拌的粉皮，心情会怎么样呢?

2013 年 6 月 17 日，我参加长白山“首届汉语非虚构高峰论坛”。从长春龙嘉机场下飞机时已到午饭时间，朋友请我在附近农家乐简单地吃点饭，我点了一个大拉皮。那次行程，我几乎顿顿吃大拉皮，吃到登机返回山东也未吃厌。

近几年，我在东北的大地上奔走，考察黑土文化，写了一些有关历史踪迹的文章，日常生活中的食物，自然也是关注的重点。

老婆油

中午炒菜，一不小心，多放了一些油，随手舀出，装进一个小碗里。这样的油，父亲叫它老婆油。这个词，是过去东北家庭中流行的老话，现在知道的人不多了。

有一次做好菜，父亲放了一勺熟油，我问为什么叫它老婆油，他说是好看，给人一种感觉吧。我想创造这个词的人，一定胖墩墩，个子不高，一脸幽默。

那个生活艰苦的年代，尤其到了冬季，什么蔬菜都看不见，一天三顿饭，只有土豆、白菜、萝卜，吃苞米楂子粥，啃咸菜疙瘩，十天半个月，难得见油腥。向阳红是个综合商店，在学校旁边。长长的一排平房，中间一个大门，隔成南北两区，北区卖蔬菜，南区卖日常生活用品，火柴、酱油、陈醋、洋蜡等，也卖猪肉。买肉凭票供应，每次去看肉肥不肥，瘦肉不能买。买回的肥肉舍不得吃，主要熥油缩子，又叫“油滋啦”。肥肉切块，入锅中干熥，逼出所有的油。肉变得干瘪焦黄，碗里倒入一点酱油，将热干肉放进酱油里，冷热相遇，发出滋啦一声，其名便得于此处。

熥出的荤油，装在小坛子里凝固，每次做菜舀一勺，厨房里就飘出了油香气。家中来“且”，将热油舀出一些，菜好后浇一勺老婆油，满菜飘出油花，只是为了好看，诱人食欲，显示主人好客，不吝啬，其实油并未用多，和每天做菜差不多。老婆油就是浮油，浮就是漂浮，显得放了很多油。

老婆油对于我是个情结，一碰上东北老乡，便打听老婆油的前因后果。老一点的人还知道，年轻的根本没有听说过。

2015 年 12 月 10 日，中午做菜，油倒多了，弄出一些老婆油。下午和李静思通 QQ 电话，无意中聊到了老婆油。她一听就明白，说自己上高中时，在离家几十里地的前岗子中学住校，二百多人吃大食堂，大锅菜做好，浇上一大勺子老婆油，汤中漂着油花，白菜和土豆没有油味，十分难吃。

现在生活质量高，不缺食用油，老婆油再也没有存在的必要了。这个词的消失，代表着一个时代的结束。

淘米瓢

绿色的葫芦形状，内壁有一层层条棱盘绕，它挂在水池旁的墙上。多年前，我从老家延吉带回来的淘米瓢，至今还在使用。每一次拿起，耳边仿佛响起朝鲜族的乐曲。

1983 年，我家迁往山东，对于新城市的生活情况，我一概不知。延边的主食是大米，山东吃白面馒头。来到山东后，每天做饭前，将米舀入盆中，挑一阵子混在米中的碎石。那时怀念家乡的淘米盆。这个器具，来源于朝鲜族。以前往往在场院上，脱粒不干净，米粒太小，它与沙砾在外形上难以分辨。米和石在水中发生变化，因为它们比重不一样。生活的经验，让人们创造出了淘米盆。

淘米盆的形状，为圆锥体，底口小，上面口大，内壁布满纹棱，外表圆润，两边有盆耳，拿起来方便。色泽亚光幽黑。我是跟母亲学会使淘米盆的，淘米有技术性，提着盆耳不要太高，清水倒进，轻轻地摇，漫出一点水和米，再加水摇晃，等到米和水都流进锅里，淘米盆底，只剩下沙砾。

第二年回东北老家探亲，上市场买了塑料淘米瓢，准备带回山东。我相中的那一个，原始的色泽，看上去有特殊的美感。

我们住在大杂院，淘米瓢一亮相，便引起邻居的议论，还有人拿在手中，感受一番。淘米瓢成为焦点，怀疑和猜测的目光编织成大网，罩在淘米瓢上。时间久了，人们习惯了它的样子，没有人再议论它。

延边文史资料记载，1984 年，在延吉市新兴街征集到一只椴木淘米盆。“椴木质，红棕色，呈圆形。斜方唇，敞口，弧壁，平底。将原木段一剖两半，加工内底及内、外壁。内底旋平，内壁旋制 17 道凸弦纹，凸弦纹截面呈尖三角形。外壁旋制宽窄不一的浅弦纹，起到装饰效果。”我逐渐了解到，淘米盆的血缘，它和大地紧密相连。椴木、陶土、水稻，它们生于大地，长于大地，当它们经过人的组织，重新相聚一起，又有了独特的意义。

淘米瓢失去原有职责，而今变成杂物工。现在的大米加工精细，沙砾不那么多了，淘米瓢虽然基本不淘米了，但是什么活都还能做。

我每次做饭的时候，喜欢将切好的菜，泡在淘米瓢中，将它装满水，浇阳台上的花。看到淘米瓢，就会想起很多家乡的事情。

姥姥的烧土豆

姥姥说来到土豆地，总要观赏一阵。紫色的土豆花好看，香味薰缭，在地头里，走进去不多远，就被花弄醉。土豆花开时，我正坐在教室里学习，看不到那时的情景，所以，土豆花开只是想象中的事情。等我可以去土豆地时，姥姥家种的土豆，早已装入麻袋。

放寒假时，我来到姥姥家，一场大雪过后，漫山遍野的白色。山谷中的天老公路铺盖积雪，长途客车碾上去发出嘎吱嘎吱的声音。

从三工地的汽车站下车，走到姥姥家要半个多小时，在雪地中走这么长的路，穿的棉衣又厚，来到姥姥家门口时，能出一身汗。看到一张张亲人的脸，也注意墙旮旯有一“土篮子”土豆。土豆挤挤挨挨，十分着人喜爱，将我一下子拉近。屋子里和外面温差大，我的手和脸发烧一般。站在炕边，摘下棉帽子和身上背着的书包。姥姥笑呵呵地说：“傻狗子，还装什么呀，脱鞋上炕。”我一屁股坐在炕上，书包随手丢在一边。眼睛的前方，“土篮子”中的土豆，勾起我的馋虫，目光在上面踅摸，手一个个地摩挲。

土豆和人最亲近，秋天时节，家家户户储存白菜和土豆，以备度过冬天。单位一个多月前通知预订秋土豆。分菜的那一天，在单位的空场地上，停着一辆解放牌汽车，轮胎上沾满泥土，牵着一拖挂土豆，连夜从外地运回来。父亲单位的同事，从车上往下卸土豆，装入每个人的麻袋里，抬到磅秤上称重。女会计剪短发，手中拿一支红色圆珠笔，在分菜的统计表上划了一个勾。过秤后的土豆装上各家的小推车。小山一样的土豆，让车子变得沉重，我在前面拉，妹妹在后面推，穿过街头，跨过布尔哈通河上的大桥，冬天的菜就这样运回到了家中。土豆一般不放在菜窖里，而是堆在一进屋的墙角，拿砖围起来，在屋后的园子里挖土将土豆埋上。因为这里离门不远，进出带来的风大，保证土豆不会太热，因为土豆一热长芽就不能吃了。

土豆有多种吃法，炖白菜，炒丝炒片，还有一种吃法，将土豆烀熟拌酱油，就着二米子饭。我乐意吃烧土豆，每次吃土豆，就想到在姥姥家吃烧土豆的情景。

我家的灶炕烧煤，烧不了土豆，只有寒假到姥姥家，才能吃到烧土豆。落地灶烧大块柈子，外屋弥漫木香味。土豆不能放在红火上烧，饭后余火熄灭，把土豆埋在炭灰里。我和舅舅出去玩“藏猫乎”，姥姥家住在半山坡上，家家相挨，无法建院墙，但每家门前都有一段石台阶，方便人们上坎下坎。我们跑上跑下，体力消耗大，回到家时，肚子里感到缺点什么。坐在炕沿边上，等姥姥去灶坑里扒烧土豆。

土豆剥开皮，热气腾地冲起来，烧熟的土豆烫手，在手中掂来掂去，不停地吹气，让它尽快凉却。姥姥拉过烟匣子，摸过纸，卷一支烟，划一根火柴，点着烟卷，吧嗒吧嗒地吸，看我吃得香，乐呵呵地说:“在你家吃不到吧！”一个烧好的麻土豆，很快就会被我吃光光。

雪封住大山，寒风伴着飞雪打在脸上生疼，风不停下来，孩子们都不出家门，躲在热炕上，玩嘎拉，玩翻绳。来姥姥家时，母亲一再叮嘱，要按时写作业，不能贪玩，否则明年假期不让你去姥姥家。下午趴在炕上写作业，看玻璃上的霜花，河套上的冰锃亮，很想去滑冰车。不知什么时候，姥姥笑呵呵地推门进来，手捧新烧的土豆。沾着木灰的土豆，散发出香气，又出现在眼前。

我看到姥姥粗糙的手，她不怕烫么？

油茶面儿

油茶面儿是美丽的名字，特别是其中的茶字，对北方生长的孩子来说，有太多的诱惑力。

第一次吃油茶面儿，还是在姥姥家。从矿里的居民区到街里，要走很长的路，那天我和姥姥路过矿俱乐部时，实在走不动了，远远地看到红砖房子的合作社。合作社门前有几级石台阶，姥姥牵着我的手，推开油漆斑驳的大门，长条形的空间，二十几米长，两边的玻璃柜台，按商品的种类分成不同区域。合作社是矿上热闹的地方，家中需要的商品，这里差不多全能买到。看到食品柜台前挤满人，我们赶紧凑过去。原来是刚进的油茶面儿，每人限购两斤，我个子小挤不动，站在后面，瞧着人群拥挤，人头晃来动去。

姥姥身体瘦弱，不是自己挤进去的，而是被后面的人推进去的。等再看到姥姥，她手中拿着包装纸袋，里面有两斤油茶面儿。

油茶面儿的香味散发出来，姥姥捏了一撮，塞进我嘴里。一路上都在回味香味。回到家姥姥开始做午饭。姥姥往大锅中倒进一瓢水，落地灶中填上木柈子，然后将燃烧的桦树皮续进木柈子，火焰马上燃烧，在木柈子的缝隙间蹿动。锅里的水发生变化，泛起一片细泡，热气从水面上升起。水快要开时，姥姥舀了几匙油茶面儿到大碗里，等水沸腾起来，倒入油茶面儿里。香味在空中弥漫，我连屋子都不进去，蹲在锅台边，直接端着碗吃起来。我舀了一匙，送到姥姥的嘴边，她尝了一下，说了句真香。

油茶面儿做法简单，将面用油炒熟，加入糖、芝麻，热水冲泡即可。暑假结束回到延吉家中，我和母亲说姥姥给我买油茶面儿的经过，母亲说她也会做。母亲将一匙猪油在锅里化开，然后放上面粉，兑入水慢慢炒，直至面炒得变色。新炒的油茶面儿香喷喷的，倒入碗中，用热水一泡，吃起来味道也不错。母亲炒的油茶面儿缺少芝麻，味道和买的不能相比。

我家后来也买过油茶面儿，有一天晚上，去和同学看电影，未来得及吃晚饭，回来时脱衣钻进被窝里，准备空肚子过一夜。父亲冲了油茶面儿，端到我身边。我趴在被窝里，很快将油茶面儿吃光。半夜醒来，觉得胃不舒服，烧心得厉害，跑到院子里，一口口地呕酸水。

父亲说，这种食品你享受不了，以后不要吃了。我家从此不再买，母亲也不再做油茶面儿。

怀念核桃

核桃味甘性温，有补肾固精、湿肺定喘、润肠通便的功效，是一味中药，这是我多年后才知道的。我吃过核桃仁、人工种植的家核桃，最想念的还是家乡的山核桃。

妻子从超市买回核桃，皮薄易碎，拿两只放到掌心，双手挤压，皮破壳散，不用动家伙敲。肥大的核桃仁卧在壳内，随手取拿，不费多大力气。这种核桃没有清香味，吃几个就没意思了。

记忆中的核桃，生长在野山野地，漫着清香和灵气，便有山的味道了。

姥姥家在长白山区，山环山，山套山。小镇的街道，只有一条天老公路通往外界。居民的房子建在半山腰，吃水到下坎挑，青石铺的台阶通向井沿。水井幽深，井壁石块构筑，攀有苔藓，天热俯在井口，清凉的水湿气扑在脸上。到了冬天，每天第一个来挑水的人，蹚出雪路，还要挥动镩子，拓开水面上结的冰。家中的水缸中浮着碎冰，捞出一块，坐在热炕头上吃冰。

山里生活寂寞，到了秋天小镇才变得热闹，金色是秋天的代言人。天气晴朗，大雁鸣叫，排着齐整的队伍，不畏艰辛向南方飞去。进山收秋的人多了，采山菜，打松塔，收核桃，这是收获的季节，预告冬天快要来到了。进山就是忙一天，收核桃不是玩。有一次采山，随三舅收核桃，背上麻袋，带上干粮，走了半晌的山路，筋疲力尽地到了六道沟。望着一片核桃树，我不知道怎么把核桃弄下来。树高皮滑，不敢爬上去，三舅用竿子打落核桃，我一个个地捡到口袋中。

冬天围坐在火盆旁，听太姥姥唱好听的歌谣，那起伏的韵律，永远存在我记忆中。

拉大锯
扯大锯
姥姥家门口唱大戏
接姑娘
唤女婿
……

下雪的日子，山野披上素洁的大氅。清冷的空气中，飘落的雪花把山的形状勾勒出来。炕烧得烫人，小花猫趴在炕头不肯睁眼睛，我和太姥姥坐在火盆边。太姥姥是勤劳的人，一年到头闲不住，一家人的饭都要她做。柞木烧的炭火，表面浮着白灰，灰下面的火炭，强劲十足。太姥姥是旧式人物的缩影，常年穿斜襟的青布大褂，圆口布鞋，头上绾抓髻，插铜簪。太姥姥用小笸箩端来核桃，核桃尖插向炭火中，不一会儿，听得一声响，核桃裂开了嘴。刀顺着缝一别，核桃一分为二,一股热气腾地升起，香味散溢。太姥姥从头上抽出铜簪轻挑，熟核桃仁就跳出来。太姥姥的手像核桃皮一样粗糙，铜簪却在手中变得精致。她每天在劳作中忙碌，毫无怨言。

我听太姥姥唱歌谣，听了不知多少回。她声音平和，唱的时候神情有一丝回味。太姥姥抽烟，不抽买的烟卷，都是把干烟叶喷得潮湿，一层层地叠好，用剪子铰成丝。太姥姥装烟的盒子是一个木头盒子，跟了她多年，拖来拽去，木质磨得光滑。太姥姥卷她的烟，我在一旁吃剥出的核桃仁。

长大以后，离开了家乡，太姥姥病逝我也没有回去。有一年，我去她的坟上祭奠，只看到墓碑和一堆黑土。想念家乡的山核桃，更想念离开的太姥姥。

北方菜窖

菜窖口有杂乱的脚印，这是取菜时留下的。雪覆盖旧脚印，不过几天新的又出现。菜窖口盖着草袋子，堵得密实，上面压块石头，怕狂风吹跑。每次取菜我都极不情愿。掀开草袋子露出窖口，冰冷的寒气刺来，看不到寒光，却能感受冷的锋利。

我家的菜窖不大，在里面憋得慌，砖壁上结满霜花，梯子是硬杂木拼凑的，看上去不舒服。菜窖里白菜摆在两边，隔一段时间就要倒垛，防止白菜腐烂。一缕阳光从窖口投进，凝望高远的天空，感觉外面的辽阔。

姥姥家在山区，土壤性良好，很少有砖砌的菜窖。去菜窖取菜是一件快乐的事，我愿和三舅去，他只比我大三岁，总是格外地照顾我，小大人的样子。姥姥家在半山腰，菜窖在后山坡上，去的时候，三舅带上“土篮子”。“土篮子”是东北装东西的筐，柳条秆编织的，耐磨扛造，家家户户都离不开它。三舅挎在身上，戴上“棉手捂子”，招呼我走出家门。一场雪后，天气并不冷，漫山遍野的洁白，炫人眼目，冬天扑面而来。鸟儿叫声清脆，一群乌鸦，黑压压一片，在远处的山头聒噪，凄惨的叫声，压过鸟的鸣叫。三舅吐一口吐沫，又朝雪地上跺两脚，这意味着消灾避邪。在我的家乡，乌鸦的名声不好，人们出门碰上它，会被认为不吉利。雪有尺把深，走起来困难，雪钻进鞋里。三舅在前面蹚雪，这样我不费力气。我们俩很少说话，只有踩雪的嘎吱声。一缕缕吐出的哈气，脸颊一会儿就冻红了。

到了菜窖前，我气喘吁吁，棉帽子里热气腾腾，三舅不让我摘，说会被风抽感冒的。山里民风淳朴，菜窖离家有一段路程，装满过冬的菜，不用上锁，很少听说谁家的菜被偷。每次下窖都不能马上下，三舅掀开窖盖先透一透气，放一放窖中的浊气，免得伤人。山野安静，大雪掩盖一切，干枯的野草不肯倒下，孤独地钻出雪地，零散的松树充满童话的情趣。望着山坡雪地上我们新踩的脚印，吸一口清冷的空气，嗷嗷地喊几声，山谷间回荡起稚嫩的声音。

下菜窖三舅在先我随后，菜窖的梯子是松木杆做的，我一级级地倒着下，三舅在下面接我。窖封得严实，里面听不到风声。菜窖空间大，窖顶是桦树做梁，笨重却很结实，窖壁上还留有锹印。白菜摆得齐整，每隔一层垫两根木条。窖角的沙堆埋着青萝卜，扒出来时，三舅用棉手闷子擦一擦，拿出电工刀，一刀两半。我们不顾寒冷，大口大口地啃，萝卜的清香会让我们忘记寒冷。

第四粮店

粮店是常去的地方，我家没有自行车，六口人吃的粮食全靠肩扛，一趟趟地弄回家。

我家离粮店有十分钟的路程，那条土路狭窄，两旁居民区的房子高低不一，仅有的一小块空地，都种上了青菜。障子上爬满豆角秧，开着小花，惹得蜻蜓绕来绕去，蜜蜂在花蕊中忙个不停，路边汽车跑过的声音，惊扰不了它的工作。露天的排水沟排水不畅，雨天积的水流不尽，在阳光的曝晒下，浮了一层绿苔，游动着一片片红红的小虫子，家里养金鱼的人捞出来，回家喂金鱼。捞虫子必须有耐性，不能急躁，蹲在那里，拿纱布做的巴掌大的网子，在散发着难闻气味的水面，一下下地捞，放入身边盛水的罐头瓶中。

附近的居民都到第四粮店买粮，习惯了叫它“四粮店”。粮店前是一条东西马路，街道偏僻，门前车辆和行人不多。粮店的院子大，两扇木门伤痕累累，常有小孩子爬上去打悠悠。障子东倒西歪的，障子根有些腐烂，长满灰菜、苍耳子和野草，有时能找到“天天”，黄豆粒般大小的果实，紫莹莹的不用水洗，摘下来就可以吃。在院子的东侧堆着油腻的空铁桶，这是卖完豆油的桶。空桶摞成三角的形状，等运粮的马车来拉走，送到粮库再装油。去买粮，院子里常常排着长队，这一定是来买苞米粒子面条了，这种面条粮本上没有定量，很难碰上一次。面条比苞米面饼子好吃，一天三顿的苞米面饼子和炖白菜，吃得人心烦意乱，没有什么花样可换的，能买到苞米粒子面条，改善一下生活，排好长时间的队也值得。

粮店是一排红砖白瓦的平房，粮店的每个角落，我都熟悉得不能再熟悉了。门被推来推去，漆皮掉落，手触摸的地方已经变黑了，说不清有多少手摸过。门的合页，在长年的活动中有点松弛，弹性不大，夏天还好，门敞开着，空气流通。到了冬天，粮店里生炉子，门关不好倒烟，偌大的屋子烧的热气，马上被风挟走，门上只好横拉一根弹簧，东北人叫它“门弓子”。

开票的窗口是玻璃窗子，上方贴着马克思、恩格斯、列宁、斯大林、毛主席五位伟大导师的画像。粮店正中是一溜大木箱子，粮食装在里面，箱子外钉着白铁皮做的方形漏斗，买粮的人拿粮口袋，套住漏斗口。售货员称好，把台秤上装粮的大铁撮子一倒，粮食哗哗地涌进口袋。如果是面，会腾起一阵面烟，呛人的嗓子，有时一点面粘住，不肯下来，要拍拍铁皮，震落进口袋。打油是费劲的事，卖油的机器简单，一根粗管子插进油桶，上面竖有刻度的标尺。售货员不用费太大力气，抬起压力器，抬到需要的刻度，再往下一压，油顺管子淌进接油的瓶子里了。接油不能顶得太紧，那样压力大，油会溢出来。人们每次在流油管下举着油瓶子，都要耐性子等到最后一滴滴尽。

粮店里装粮的木箱子，白的是大米和白面，黄的是苞米粒子和苞米面。我讨厌苞米面，看上去细皮嫩肉的，颜色鲜明，吃起来却不好吃。粮店卖的苞米面如果不脱皮，蒸出来的饼子就很难吃。好多人家买回苞米楂子，添一些黄豆，到面粉厂再加工一次。面粉厂在东小营子，周围是大片菜地，离家更远，扛着粮食走十几里的路，一般都是约好同伴，借一辆手推车，这样不仅有伴，能互相照应一下，路上说说笑笑，不至于寂寞。

粮店的院子里麻雀特别多，它们成群地飞来飞去，捡食卸车掉在地上的粮食。排队买粮是常事，月初时家家缺粮，忙着买粮，人多排队，来买面条时也要排队。上粮店买粮的人，早有心理准备，见院子里排起了队伍，自然地站在后面排号。鸟儿见的人多了，看见人群也不害怕，落在不远处在地上啄食，有时栖在屋脊上，对着长长的队伍，人来疯似的高兴地鸣唱。

有一天，队排得很长，是买苞米楂子面条。鸟儿躲在大榆树上叫个不停，队伍中跑出个和我年龄相差不大的小男孩，脱掉鞋，解开脖子上的红领巾，两下子爬上大榆树，惊飞的鸟四处逃散，叫声中有了一丝惊恐。他把手伸进鸟窝，掏出几只鸟蛋装进兜里，怕压碎鸟蛋，小心地下来。他回到队中时，胳膊上有树皮硌的白印，人们围上去，看那几只小鸟蛋，玉一般光滑，小巧可爱。一只鸟儿飞回树上，对着遭劫失去鸟蛋的窝叫个不停，那声音和平时的叫不一样。

冬天粮店院子荒凉，雪掩盖一切。榆树上的鸟儿还是成群结队，叫声清冷。拉运粮车的马喷着热气，眼睫挂满霜花，车子碾压地上的积雪，嘎吱直响，留下了胶皮轱辘和马蹄印。不一会儿，就使夜里落的雪变得杂乱不堪，在没有脚印的地方，仔细看能看到鸟儿的小爪印。

后来到粮店买粮时，再也不用肩扛了，每次拉着爬犁，省了不少力气。

清晨剪春韭

春天闹菜荒，母亲在后园付出劳动和情感，这里的菜解决了大问题。

通往后园没有门，人每天从窗子上跳来跳去，父亲找来旧凳子，四条腿埋在地上，变成一个台阶，进出方便多了。后园面积不大，母亲侍弄得有条有理，从障子根到房前一字排开，修出四块菜畦地，一块种小白菜，靠北边的种上几垄韭菜，其余的种上辣椒、茄子。

我喜欢这几垄韭菜，春天第一茬韭菜，包出的水饺有菜香味，一年四季，忘不了春天的韭菜。母亲未务过农，她种菜是为了家人吃上新鲜的菜。母亲做农活的本领来源于邻居路姨。我们两家并不是门挨门的邻居，同住一个大院，去路姨的家要穿过胡同。路姨和母亲长得有些相像，个头高矮也差不多，所以她管我母亲叫姐姐。母亲串门很少去别人家，大多是上路姨家。路姨的丈夫是工厂的模型工，手特别巧，人老实话少，来客人只是笑一笑，很少插话多说一句。路姨在工农大队种菜，是种菜的行家，母亲每次串门，询问各种菜的生长管理，说一些家长里短的事情。春天翻地打垄，是在路姨的指导下开始的。

北方的春天来得迟，冻土融化，后园冬天的痕迹消失，韭菜从冬眠中苏醒，在阳光的抚摩下，拱出绿色的嫩尖，不久变成一片绿色。细长的绿叶子，在风中摇曳，散发出特别的情韵，昭示冬季一天天走远。一家人围坐在炕桌上，透过敞开的窗口，能看到那几垄韭菜。父亲对我们说，在中国韭菜的种植历史久远，三千多年前就已经栽培。杜甫的“夜雨剪春韭，新炊间黄粱”，苏东坡的“渐觉东风料峭寒，青蒿黄韭试春盘”，他们对韭菜各有自己的感受和不同看法。说到韭菜的药用，父亲翻开他的老药书，对我们讲解说：“韭菜是具有药用的菜，它的根味辛，走入肝经，温补肝肾，暖腰温膝，也是活血散瘀的好药。”父亲说的这些，我们不太懂，但这本书很神奇。小妹妹患中耳炎，去医院打青霉素多天不见好，父亲从书里找到一处药方，去药店买回中药，在家熬，过了一个星期，妹妹的病就治好了。从此我对药书十分崇拜，觉得它是一块宝。

韭菜经过施肥后长得很快。韭菜不能割太晚，否则会变老。韭菜长到半尺多高，收割最佳，时间以早晨为好。割的时候，贴着韭菜根的泥土，韭菜镰子端平，留下的茬口齐整，不能一簇高一簇低，影响下一茬的生长。

我家没有专门割韭菜的镰子，母亲用剪子铰，有一次被路姨碰上，她说这怎么行，费劲不说，还割得不整齐。她回家拿来韭菜镰子，教我母亲如何使用。

我家春天的第一顿水饺馅儿，是韭菜镰子割出来的。

芥菜疙瘩

家乡地处长白山区，每年入冬以后，接着便下大雪。茫茫的雪地，见不到一点绿色，饭桌上的青菜少得可怜，只有贮存大量的白菜、土豆和萝卜。这个季节，可以吃上冻白菜炖豆腐。听到串街卖豆腐的吆喝声，舀一瓢黄豆，换两块豆腐回来。放一点腌好的芥菜缨子，加肥猪肉片一起炖，是一顿难得的美味。

芥菜是一种贱菜，每年深秋，庄稼收得差不多时，开始收芥菜。东北人管芥菜叫芥菜疙瘩，拽住缨子往上一拔，滴溜圆的芥菜，脱离它生长的土地。

芥菜疙瘩可入菜，清洗干净切成丝状，将辣椒油、味精、香油、酱油搅拌均匀，一盘凉拌疙瘩丝可上桌。寒冷的冬天，腌菜是北方人藏贮菜的好办法，餐桌上少不了咸菜。每到秋天，母亲带着我去菜市场，背着小麻袋，买回芥菜疙瘩。那段时间，母亲不停地忙碌，家中总是飘着散菜的清香味。芥菜买回来之后，削掉疙瘩上的须根，切掉头顶的缨子，清水洗净芥菜疙瘩，摆一层疙瘩铺一层盐，一直装到缸口为止，压上一块石头。腌制的芥菜疙瘩有发酵期，经过一段时间，才能腌得通透。

腌好的芥菜疙瘩捞出放到锅里煮，筷子穿透即可出锅。细铁丝穿成串，挂在外面的墙上，经寒冷和阳光的风干，缩成丑陋的硬疙瘩。每次烀苞米饼子，拿晒干后的芥菜疙瘩，切成片状放入碗中，浇上油、五香粉，剪子将干透的红辣椒，铰成一条条，撒落在上面。坐入滚沸的水中，四周的锅壁贴上饼子，盖上锅盖，一阵猛火攻烧，30 分钟后出锅。

碗中的芥菜疙瘩，蒸煮中发生变化，作料入味，疙瘩软和，入口味香，是下饭的好菜。

小时候，饭桌上总有这个小咸菜，吃着它一天天长大。

记忆菜包子

黄昏时分，大雪终于停息，窗外一片安静，母亲剁东西的声音，不时地传进屋里。

我在炕桌上写作业，时常走神溜号，想晚上吃什么饭。字写得潦草，横不平，竖不直，勾勾弯弯。我用橡皮擦掉，重新写一遍，弄得一塌糊涂。母亲叫我到灶前干活，我来到外屋一看，菜墩子上有母亲剁好的肥肉，这些肉要㸆油，炼出“油缩子”，明天早晨和馅儿，包一顿菜包子。我坐在小板凳上，不情愿地摇起风匣，母亲将肥肉倒入锅中。火焰旺盛起来，大锅烧热，肥肉滋啦作响，油烟味蹿出。母亲打开窗子，让烟气顺窗子往外跑，我嗓子眼里，钻进虫子一样，被油烟呛得想咳嗽。

大铁锅中的肥肉发生变化，渐渐地干瘪，熬成“油缩子”，滤出很多的油。母亲知道我爱吃这口，小食碟中倒入一点酱油，将锅中的“油缩子”夹入盘中。热的和冷的相碰发出一声脆响，酱油的滋味浸入“油缩子”中。简单的吃法，入口香酥，又不腻人。㸆出的“油缩子”剁碎，拌入馅儿里，蒸出的菜包子味道特别。

东北的冬天长，除了土豆、大白菜、萝卜，还有腌的酸菜和咸菜外，母亲变着法子，做出花样，引起我们兄妹几个的食欲。我家有一个黑瓦盆，母亲用它和好面，放到炕角里，盖上木盖子捂着，经过一夜的发酵，第二天早起做饼子，如果前一天晚上剁馅，就包一锅菜包子。

还有一种吃法，就是用冻白菜做馅。小棚子顶上，扔了一些冻白菜，秋天从大堆的白菜中拣出空心的白菜，老家人管它叫“扒拉”棵子。这样的白菜不需要保存，随意丢在露天下，不怕冰霜雪冻，想吃就拣一棵回来，放到一边自己化开。缓过来后洗干净，怎么吃都可以。

剁馅的活儿，经常分配给我做，因为我是家中唯一的男孩子，剁馅是体力活。我将菜墩子搬进屋里，放在屋子正中间，找来小板凳坐在上面，抡起两把菜刀，在白菜上毫无秩序地乱剁，响声很大，很多白菜掉在地上。母亲走过来，看到地上的白菜，说：“你好好剁不行吗？”我捡起掉落的白菜，重新拿水冲洗一下。

清晨母亲是家中第一个起来的人，一切整理好后，母亲才叫我们，我的任务照例是摇风匣。母亲摆好面案子，发好的苞米面，金黄黄的非常好看。母亲揉搓面团，切成大小均匀的剂子，然后擀成面皮。菜包子是我愿吃的一种面食，一年四季，不论什么季节都可以做，我父亲说这是满族农家常做的主食之一。做菜包子没有具体规矩，只要是面做皮就行，大白菜能做馅，春天的各种野菜也行，用热水焯完以后，再投入凉水中清洗一下，切碎拌入作料，有肉更好，拌鸡蛋也行。因为菜吃油，最好使猪油，如果“油缩子”拌馅，味道会特殊些。

一锅热菜包子上桌，调一碗蒜泥酱，放入小碗中，舀一勺子辣椒油，拿筷子一搅，蘸着菜包子吃。

早饭吃得好，吃得又饱，一上午不会感觉饿。

母亲的馄饨

2006年4月29日，回到济南的父母身边，两个多月没有回家，父母年龄大了，身体又都不太好，作为儿女应多回家看看他们。

回到父母的家，心里踏实，睡觉很少做梦，在家的感觉就是好。那天从北京来了两位中央戏剧学院戏文系的学生，父亲去车站接她们回来。父亲是一把火炬，他的身上总有一股青春的激情，这么大的年纪，还喜欢和青年人在一起，电脑比我精通。母亲是典型的贤妻良母，她似一架老旧的悠车，坐在上面有安全感。

回济南的两天里，在家的时间很少，多半时间在外面。工作的压力、写作的压力、家庭的压力，对于一个中年男人来说，如同驮着一座山在行走。和朋友相聚，使我的压力有些释然。

晚上从“陋室铭”茶社回家，已是零点多了，我敲门的时候，母亲应答着来开门。每次回家这么晚，他们都在等我，不做父母，不知父母心。随着年龄一天天大，高淳海在外上学，我对父母的心更加理解。晚上在茶社见到了从北京来的王兆胜，我和他一直通电话，他编的选本中，对我的作品十分关注。他的身上体现着中国知识分子的性情，没有京城的浮躁之气。一杯清茶，一份情感，那一夜我几乎没睡觉，在床上翻来覆去，想了很多的事情。睡意朦胧的时候，天已大亮，母亲脚步声响起。

窗外的鸟儿来了，鸟儿是我家的客人，每天都来这吃食，每月母亲都会去超市给它们买一份口粮。不一会儿，母亲端来一碗热馄饨，馄饨驱散我的疲惫，使我精神饱满地踏上旅途。母亲在昨天晚上，就把馄饨包好冻在冰箱里。母亲坐在一边，看着我吃馄饨。一个人不管多大，有母亲是幸福的。

榆钱儿

吃榆钱儿烙的饼，蒸的发糕，一辈子不会忘。榆钱儿季节性强，过了春天，一年中再看不到了。

春天万物苏醒，都睁着新奇的眼睛，盯着这个世界。很多人去挖野菜，在田野走一走，呼吸春天的空气，新生的绿让身心愉快。孩子们最活跃，在屋子里闷一冬天，脱掉厚重的棉衣，等待节日一样，就盼望这一天。北方春天的野菜，有苣荬菜、水芹菜、小根蒜，人们挎着篮子结伴去挖。春天饭桌上的菜青黄不接，野菜不仅丰富菜色，还带来春天的气息。

小时候得到母亲允许，第二天脱棉衣，心情是何等的兴奋。晚饭后，不用大人催促，自己动手烧一锅水洗澡，明天好换上秋衣秋裤。洗衣盆大装水多，身子一半泡在水中，撩起的水，顺着肌肤流淌。洗衣盆是一只小船，它能带我到远方，远方是什么地方？让我的心灼热。水柔软，又是多情的，在水中产生向往，那是单纯的美好。

脱去棉衣，跑动起来不那么笨重，玩起来轻松，有创造的动力。下午不上课，我们在家闲不住，我和伙伴们相约去摘榆钱儿。校园外不远处是一条铁路，再往西是海兰江，站在高高的路基上，透过空旷的地方，望到阳光下的江水。海兰江有传说，那是凄美的爱情故事，使这条水更美更动人。铁路边上有一片榆树林，经过春天渲染、风的吹拂，榆钱儿挂在枝头，一串串吸引人们。榆钱儿水分多，有一点甜，吃起来口感好，孩子们把它当作水果吃，采回家蒸发糕或烙饼。

我天生胆小，力气也小，做事从不敢冲在前头。和小伙伴们来到榆树林，对着壮实、高大的榆树，我只能眼巴巴地望着，无能为力，在树下替伙伴们看管东西，等着扔下来的榆钱儿。小伙伴上树的时候，抱着粗实的树，身体紧贴树身，树皮的棱角，硌得胳膊一道道白檩子，仍咬牙不服输地向上爬，我真是佩服。

一抹阳光投在小路上，一簇簇野花，没有经过太多风雨的淋漓，享受阳光的温暖。林中的鸟儿叫得欢快，春天的气息充满林间。小伙伴一个个爬上树，骑在树干上大声呼喊，摇晃树枝，庆祝自己的成功。他们顾不得和我说话，一边往嘴里塞满榆钱儿，一边摘下一串扔向我。榆钱儿像大鸟儿，展开翅膀飞来，我张开手，仰起脸，迎接春天的第一串榆钱儿。撸下来的榆钱儿，汁液饱满，有一股清香，吃一口香气醉人，打饱嗝都有榆钱儿的香味。

兜里塞得鼓囊囊的，帽子里都装满榆钱儿，然后心情愉快地回家。祖母挑出有虫眼的榆钱儿，把好的洗净后，和在白面和玉米面两掺的面中烙饼，色泽好看，味道奇特，蒸发糕时，锅里冒出的气，漫着野味的气息。我小时候，粮食限量供应，孩子们长身体吃得多，家家粮食勉强够，到了春天，人们争食野菜和榆钱儿。春天一天天走远了，天气渐热，榆钱儿变成黄灰色，变得结实了，吹来的风，挟它四处播下种子，年年如此。这种希望不仅给大地，也帮困苦年代的人们度过饥饿的日子。

大地上的野菜

水芹菜是野菜，沿着水边生长，它生命力极强。姥姥家在山区，门前有一条无名的溪水，岸边长着水芹菜，现采现吃都来得及。

2005 年 6 月，我回到家乡，一天逛东市场，在菜摊上看到水芹菜。清晨从乡村运到城里，价格高得吓人，普通芹菜一元，水芹菜要价两元多。卖水芹菜的摊主不断向我们介绍说："这是新采的水芹菜，没化肥，绝对绿色环保食品。"

水芹菜长在大地，风雨塑造性格，溪水滋养生命，风和水传播种子。水芹菜水灵灵的，茎细而挺，叶子小巧，纹路清晰，闻着有种沁人心脾的清香。种植的芹菜，种子经过人工培育，茎粗壮，仿佛膀大腰圆的汉子，叶子似张开的手掌，青筋凸绽。回到滨州后，我在市场和超市寻找水芹菜，发现都是种植的，这片土地不可能生长水芹菜。

东北的春天来得晚，换季的青菜稀少，这时水芹菜拱出芽，长得快，过不了多长时间就可供人食用。水芹菜可下油炒，剁成馅儿包水饺、蒸包子，或用开水焯了凉拌。更多的人家图省事，新采的水芹菜在溪水中洗净，可回家直接上桌。水芹菜蘸豆瓣酱是下饭的好菜，饭后嘴里一股清爽味。芹菜能有效降血压，患高血压的人多吃芹菜为好。市场上卖的芹菜，多为种植的芹菜，含有农药和化肥的残存物。水芹菜则不同，野地野水养育成长，血脉流淌的液汁，始终保持大自然的清新。

大姐家在乡下有一个渔场，在洪分河边，每次回家乡我都要去那儿转悠。喜欢那儿的人烟稀少，看牛拉犁耕地，看农人扶犁的专注神情，看农人扛着铁锹走在田地间，时而停下脚步注视长长的田垄。太阳落山，屯子炊烟透出的喜悦，仿佛在表达对大地的感动，期待劳动者带着满意归来。

渔场离八分队很近，屯子在兄弟峰脚下，人口不多，仅几十户人家。八分队的名字带有历史色彩，那个年代实行人民公社化，按地理位置排设，屯子正好排在第八位，所以叫八分队。名字沿用到今天，人们已经没有什么感觉。

屯子人口复杂，大多是移民，土生土长的不多。屯子至今还有人说河南话，朝鲜族话，山东话。一代人老了，埋在大山中，青山溪水陪伴，再不能回遥远的家乡。这个屯子我很早就路过过，我姥爷被打成右派，下放到符岩，屯子在兄弟峰的背面。有一年放暑假，我背着书包去山里看姥爷，兄弟峰是长途客车的临时站点，进出符岩必须在山脚下等车。那是一辆老式客车，长期在山路上奔跑，噪音大。车一天两班，上午一趟，下午一趟，如果错过时间，就只能等第二天的班次。

一条溪水从渔场穿过，养鱼池的水，引来的就是溪水。溪水清澈见底，流淌的韵律，犹如摇头晃脑吟诗的老学究。虽然院子里有手压的水井，家里人还是愿意来水边，淘米、洗菜、洗衣服。每到星期天，姐妹们带孩子来这儿，让他们亲近大自然。孩子们从城里来到乡间，在溪水边玩，爬山，听鸟儿叫，认识野生的植物，感受山的纯净。大自然是人类童年珍贵的记忆。溪边生长野艾，黄色的野花。被溪水吸引，水芹菜不肯再走。横跨溪水有一座木亭子，粗木杆，原木板，亭顶苫的是稻草。坐在栏边，听溪水的流淌声，看天空中的鸟儿，向远处的山冈飞去。我不愿进屋，在亭子里一待就是半天。优美的自然环境，清新的空气，在喧闹的城市中享受不到。在这里我是旁观者，没电话的干扰，没有人与事纠缠的烦恼，不用挤在人流中，泥土气息冲走浮躁气。那天我坐在亭子里，看见大姐穿着高筒靴向溪边走来。她沿着溪边采摘水芹菜，我问大姐："晚上吃水芹菜蘸酱呀？"大姐回答："你明天不是要回山东吗？包水芹菜馅儿的饺子。"家乡的风俗，每当家中有人出门远行，必须包饺子送行，祝福离家人平安。老人常叨咕，上车饺子，下车面。

水芹菜是生命力极强的野菜，在黑土地上，有水的地方就有水芹菜。它是生于大地、长于大地的野菜。过去吃的人很少，在人们的眼中是不值钱的东西。现在人们更喜欢水芹菜纯天然、无污染的绿色。

记忆砂锅

喜欢在雨天和雪天吃砂锅，外面阴沉沉的，下着雨或大雪，盘腿坐在火炕上，一家人围着砂锅，吃得热乎乎的，出个通透的汗。

我家的砂锅是十几年前去淄博买的，长长的公路两旁，绵延几百家卖陶器的商家，露天堆放着各种陶瓷产品。朋友买了一些瓷狗、瓷马、瓷碗、笔筒；我买了大号的砂锅，回到家中，配好料在火中慢炖。

我第一次和姥爷进山是在暑假，他下放到符岩山区，以前老听他讲山里的趣事，并没真正体验过。那年父亲送了他一个砂锅，姥爷把它当成珍宝，笑意从脸上的纹路中溢出。我和姥爷在五凤屯的石砬子下车，翻山越岭，还要走好长的山路。砂锅装在黄布的书包中，不是很重，他不肯让我背，怕我莽撞不小心碰碎，因为我没有走过山路。空气清新，草的香味仿佛能将人灌醉似的。我兴奋地狂呼大喊，童音在山谷中撞来荡去，融入山野之中。一路上我不断地问这问那，路边的树木、野草，我都不认识，处处都感觉新奇。这一段山路，让我认识了落叶松、榛子、柞树、野艾、苍耳子、水芹菜、天天（通称龙葵）。鸟儿的鸣叫和山间的溪水，使山里有了鲜活的气息。我长这么大，第一次走山路，却未感到多累。站在山头，看到升起炊烟的符岩屯，积木似的摆在山脚下，一条溪水，在屯前流过。

第二天清晨就下起了雨，雨丝把人们挡在家中不能出工，屯子里特别安静，狗不叫鸡不啼。障子外的溪水在雨中变得欢腾，水流急湍。雨天清闲，无事可做，姥爷早早地告诉我，中午吃砂锅。

姥爷出身富家，年轻时享过福，从小耳濡目染，对吃喝格外看重。“天一方”是一座二层木制小楼，曾是延吉最大的一家馆子，二十世纪七十年代中期，墙头上隐约可见“仁丹”二字的广告，这是日本侵占东北时的罪恶见证。每次走到那儿，我盯视这两个字，就有一种仇恨，想起样板戏中李玉和斗鸠山的情景。楼的构造独特，表现时代的特征，有着传统的雕栏，还保存当年的美韵。它犹如一张老照片，即使重新粉刷，也改变不了什么。藏进楼里的东西，木质裂缝中的岁月，才是重要的。这家老字号，新中国成立后公私合营，匾牌一换，改为“延吉旅社”，同学的亲戚从山东老家来探亲就住在那里。楼里的木楼梯，磨光的纹路，踏上去吱吱响，漆皮剥落，仍然能感觉到过去盛时的富贵。这是后来我听父亲说的，对于这段历史，我一点不了解，我的血液中有楼主的血脉。姥爷是右派，在生产队受管制，平时他的话也不多，从不讲旧事。

姥爷家的落地灶烧柈子，山里无煤可烧。烧透的柈子变成木炭，红汪汪的装到盆中，把砂锅坐在上面。配好的料放到砂锅中，豆腐块在滚沸的汤中炖得白嫩，姥爷说：“千炖豆腐，万炖鱼。”豆腐炖得时间长了才好吃。炭火不急，砂锅冒出的热气，在屋子里得意地乱跑。这时姥爷戴着草帽，穿矮靿靴子，踏着泥水，顶着雨到障子边的柞木堆上摘木耳。我家的干木耳，一捏就碎，吃的时候用水泡开。

我从没有见过鲜木耳，摸一下水灵灵的，肥厚滑爽。鲜木耳被雨水洗净，用清水冲一下，放到砂锅中。炕上的方桌，中央摆砂锅，锅下垫苞米叶编的垫子。锅中的豆腐和木耳，一黑一白，散出诱人的香味。窗外锯齿形的群山，在雨中朦胧，勒出湿淋淋的水墨线。

我吃了很多次砂锅，却总缺少儿时那种鲜美，在什么地方吃的都没记忆了。我家的砂锅摆在柜子上面，一年里也用不到几回，偶尔想起砂锅，配好料做一顿砂锅豆腐，却吃不出童年的砂锅味道，没有回味，就失去了兴趣。酒店的砂锅变为形式，炖好的食物放到砂锅里，端到餐桌上，砂锅是被烫热的，不是在炭火中炖开。砂锅变作单纯的盛具就毫无意义了，料配得再好，汤再鲜，离开炭火烧制的过程，雨和雪烘托的气氛，总是少点什么。

两棵向日葵

秋风吹散夏日的酷热，宣示着一个季节在告别。两棵孤独的向日葵，写满忧郁的文字，朴实地记录一些事情。

我居住的大院是自来水厂的职工宿舍区，出了大门是一条马路。路通往郊外，路尽头是屋瓦接堞的庄子，大片的麦地，再远处是黄河大堤。马路平时清静，只是到了上下班时人多。这里远离市区，买菜去市中的菜市场，后来出现几个卖青菜的，时间久了，逐渐形成规模。摆摊的小贩在人行道上叫卖，由于是城乡结合的地方，管理部门找不出更好的办法，也就默认了这件事。

小市场大多是卖青菜和熟食品，上下班的人们停下自行车，为了争取时间，宁可多花几分钱，顺路把菜买回家。方便归方便，也制造了交通混乱。每天中午正是人流的高峰期，自行车、摩托车、出租车、三轮车和来往的人群纠缠在一起鸣笛怒叫，经常出现双方对骂，互不相让，一辆自行车横在马路上，挡住了来往的车。车越堵越多，看热闹的人也多，无人出来劝架，噪音和各种车辆排放的废气污染着马路。

马路边简易的小屋低矮不起眼，红瓦铺顶，墙上刷着白涂料。小店没有挂店牌，在白墙上用红字写着“日用杂品小卖部”。这家不大的店，随季节卖东西。夏天卖西瓜、桃子、葡萄等鲜货，成箱的啤酒瓶，一层层地摆在门旁，墙上挂着厂家促销啤酒的广告条幅。中秋节前，门口会摆上礼品盒的月饼；冬天是最忙碌的了，钢丝折叠床上的一个大笸箩里放着炒花生，另一个是热炒瓜子，还有一个装着红红的山楂。炒锅似巨大的瓶子，带轮子可以推着走动。细长的瓶口就是铁皮烟囱，这是流动的炒车。摊主是个四十多岁的汉子，矮墩墩的，一脸粗硬的胡子。他很会做生意，人多时他炒瓜子，香味在空中不散，直往行人鼻孔中钻。

天黑后，街上溜着寒冷的北风。摊主扯出一根电线，吊着白炽灯，挂在摊上的竹竿上。散步的人们，南来的北往的，看到炒锅下燃烧的炭火，风送来了葵花籽的香味。我路过小摊常经不住诱惑，买一袋热瓜子，坐在电视机前消磨时光。附近只有这一家现炒现卖，瓜子炒得火候刚刚好，摊主服务又热情，引来不少回头客。瓜子装在麻袋里，经过长途的贩运，放锅里炒的时候，要先簸一下，把瘪壳的瓜子、小石粒和灰尘簸出。掉落在地上的葵花籽被风吹跑，埋在土地里，清晨摊主第一件事，就是清扫地上的瓜子皮。这家店的瓜子个大、饱满，为了吸引顾客，墙角竖立的窗板上写着“东北大瓜子”。

冬天很快过去了。

几场细细的春雨，城市在阴湿的大气中度过。出门上班和上学的人们，带上雨具躲过略带凉意的雨天。

随着天气的转暖，白昼渐渐长了。店前的摊位上，山楂、瓜子一天天地减少，取而代之的是新上市的草莓，价格昂贵的新疆西瓜。那个流动的炒车没了，除了小市场的吵闹声，再闻不到炒瓜子的香味。

有一天路过那家店，无意中看了一眼，发现门前不远处长了两株向日葵。茎秆纤细，生长着嫩绿的叶子，似乎不属于这喧哗的城市。

夜晚的马路上空荡荡的，小商贩们结束了一天的忙碌。马路两旁丢弃的菜叶、烂西瓜皮、破塑料袋，马路对面的酒店门楣上扭曲的霓虹灯，隐隐传出的音乐声和声嘶力竭的嚎叫，黑暗中弯着头的向日葵花盘不能发光驱散这一切。

每天经过那家店，投去深情的一瞥，与向日葵默默地交流。在童年，在宁静的大地上，看过向日葵的海洋，已经忘记很多事情，惟有向日葵走进心灵。后来我到过名山大川，见到过奇花异草，却都不能让我激动、陶醉而手舞足蹈。想念童年的向日葵，那是盛开在半山坡上的一片向日葵，花盘一齐向太阳笑，迎接太阳的抚爱。花盘上的花蕊和火焰似的黄色叶子，吸引蜜蜂不辞遥远来这儿采撷。山野空气清纯，没有机动车的轰鸣，打破安宁的世界，向日葵将生命的活力，奉献给神祇的大地。

那两棵向日葵，在城市的角落寂寞地生长，它不知道土地的辽阔，也很少引起人们的注意。只有阳光和雨露倾洒给向日葵，使它胸膛挺起。向日葵的叶子落满了灰尘，噪音、废气像雾缠绕它，不像我在山间看的那样茁壮、旺盛，充满诗性。城市是由钢筋、水泥构成的，不适宜向日葵的成长。

这是收获的季节，也是结束的季节。一昼夜之间发生的事情，人是无法揣测的。一天我夹在上班的人群中，那两棵向日葵不见了，如同一个朋友，悄然走向远方，不说一句道别的话。

太阳从东方升起，阳光洒落在大地上，那里没有一点痕迹。

微甜杏仁

青杏酸涩的味道，多少年后还在回味。妻子从山西旅游回来，带回一盒杏仁，透明包装盒中装满白胖胖的杏仁，盒上贴着红色标签，写的是“山西特产”。产品说明里介绍杏仁具有药用价值，能祛痰止咳、平喘、润肠。后来知道杏仁分为两种，南方产的杏仁属于甜杏仁，味道微甜，大多用于食品，北方的杏仁是苦杏仁，多作药用。《齐民要术》《本草纲目》《药性论》中对杏仁有记载，打开盒子，吃几粒杏仁，经过加工的杏仁味不是那么浓烈。

小时候，每年的6、7月份，天气将热，学校门口就有卖青杏的。杏大多是山杏，自然生在山上，采山的人背着面口袋进山，找到一株杏树就够摘的了。青杏比指甲盖大不了多少，满满地挤在口袋里，5分钱一缸。粗瓷缸子，粗粗壮壮，缸口的边有两道蓝色的线。卖青杏的人大多是乡下人，穿着打补丁的裤子，一件褪色的蓝制服。人实在厚道，量杏的时候，堆成宝塔形的尖，从不糊弄小孩。我们有时是几个同学凑钱买两缸青杏，然后等量分配，一个个地分。青杏刚下来时，有的杏上带着叶子。吃杏时不能着急，咬开一半，露出里面白色的杏核。杏核刚形成硬壳，里面汪着一包汁液。同学们买了杏，校门口变得不再安静，吃完青杏的同学，赶前面跑的人，追上后，把青杏核对准对方的脸，用力一挤，一股汁液，箭一样地滋出去。我们互相撵，一只手捂住衣兜，害怕不多的青杏在跑动中掉出来。我们更多偷袭的对象是女同学。

我家的邻居，后院种了一株杏树，不大的空间被这株杏树的枝桠占满。他家男孩子多，下午没课的时候，我就去他家玩。我们坐在杏树上，倚靠粗大的树干，眼前不时有虫子飞来飞去，叶子缝隙筛落的阳光，一缕缕照在身上。树上结着一粒粒诱人的青杏，邻居孩子不多摘，每天只摘十几个，然后两个人分。吃完青杏，手中捏着没长结实的杏核，等对方稍不留意，就把汁液射出去，看到对方抹去脸上的汁液，就哈哈大笑。

杏树到了秋天，剩下的果实就不多了。这株树是家杏，杏仁微甜，砸开杏核可以吃。冬天杏树叶子落光，光秃秃的，遒劲的枝干上，引来不少鸟儿。他们哥几个扎了两个滚鸟儿的笼子挂在树上，滚板绑了一穗金黄的谷子，设下美丽的陷阱，等待鸟儿跌落进去。我家后院，到了冬天更加荒凉，地上厚厚的积雪，两株杨树孤零零地站在那儿，我也挂鸟笼子，滚板挂上秋天在谷地捡的谷穗，一冬天，未滚进一只鸟儿，谷子倒一点点被精明的鸟儿偷吃光。

苦杏仁不能吃，孩子们都会把吃完的杏核洗净，放到阳光下晒干，玩弹杏核、“吃楼”。弹的杏核，一面染成红色，可以两人玩，也可三人玩。弹杏核的好手，弹得精准，一会儿的工夫，能赢一小堆杏核。我在玩的事情上，总是输得一塌糊涂，很少赢。我的杏核装在罐头瓶子中，瓶口用报纸盖好，再用绳子紧紧地捆上，怕有人偷。上学的时候，兜里要装一些杏核，课间休息时和同学们弹杏核。

离开东北多年，很少吃杏了，山东是产杏的地方，我却很少买。

妻子从山西带回来的杏仁，只吃了几粒，就引燃童年的记忆，汪曾祺先生说："这是实话，并非故作玄言。"

我想念家乡的青杏。

我很想回到童年，再玩一次弹杏核。

童年的蒜苗

我坐在沙发上剥蒜，无意中一瓣落在茶几上。几天后竟然发现，那瓣蒜长出一拃多长的蒜苗。绿油油的蒜苗，一点湿润，一定的温度，不留意中长出这么长的苗，这使我对生命有了新的理解。蒜苗嫩绿，尖头张开的两片，好似唢呐的喇叭嘴，对着窗外春天的天空，吹奏一曲快乐的调子。我不相信自己的眼睛，摸摸苗叶，才确定是真的。

小时候，我家里没养什么花，只有一盆不香不艳的绣球花摆在窗台上。到了冬天，寒冷的日子里，看到一束绿意，倒有点一花独秀，在父亲的书房里格外醒目。东北的房顶有二层棚，窗子也是双层，窗子下部的空间，添一截锯末，起到保暖作用，还可以吸收玻璃上融化的冰水。屋子里热得干燥，窗台上的花吸足水分。一株绣球花，旁枝横出，叶子丰厚，花朵为红色。这花皮实，不用细心管理，给冬天的屋子送来温馨。读汪曾祺老先生的文章，他说："一叶落而知天下秋，梧桐是秋的信使。"这句看似深沉的话，韵味极浓，不是任何人都能感悟秋后面的意味。汪老从一片叶子悟到秋天的来临，我们家的年，则从父亲在盆中种下的蒜瓣开始，新年一步步走来。

脱去紫色的外衣，露出白胖胖的蒜瓣，溢出一串串欢乐的笑声。

栽蒜的盆子是掉漆的搪瓷脸盆，使用年头久，盆底有了漏洞。盆中装满沙子和泥土混掺的沙土，一瓣瓣蒜，整齐地插在沙土中。父亲栽的蒜，行看成行，竖看成竖，不同于有的人家随意种上。蒜苗不娇气，但要有一定的温度。白天的时候，阳光充足，盆搬到窗台上，让更多的阳光照耀那小片土地。晚间摆在方凳上，移到离火墙近一点的地方。蒜一天天长出绿苗，离年越来越近了。蒜苗测量时间的长短。年三十的晚上，午夜吃水饺，这是一年中最隆重的一顿饭，是一种仪式，一种象征。水饺中含了太多的意蕴。这一天，父亲亲手剪下蒜苗，交给母亲。盆中留下齐刷刷的蒜茬根，屋子里飘着蒜苗味，蒜味凝滞，滚成团，拧成结，堆成堆，在空气中不肯散去，到了第二天，还有一股蒜苗味。脸盆丢在门口，门被推开，蹿进的风中挟着碎雪，人们忙着过年，很少有时间管它。剁好白菜馅儿，蒜苗细细地切，蒜苗和白菜用筷子一搅动，白的绿的一搭配，色泽诱人，加上肉和各种提味的料，饺子馅儿就做成了，非常好闻，我常常凑近馅子盆，深吸几口香气。三十的饺子有了蒜苗，味道里有了情感。

我找了一个纸杯，放进少许水，把这瓣蒜苗放进去，摆在写字台前。每天看到蒜苗，总会想到过去，想到童年。

摊煎饼

一圈圈地转悠，我扶住磨杠，推动沉重的石磨。我在后面，姥爷在前头。姥爷不停地舀一勺泡好的小米，往磨眼里倒。从磨沟淌出黏稠的小米面糊，落到托盘上，顺着圆口流到水筲中。磨盘发出的声音在山野回响，踩着瓷实的磨道，觉得干这点事，轻松的一会儿就完活，我鼓足力气跑起来。金色的小米面糊堆积在托盘上，黄黄的，在阳光的照射下，犹如流淌太阳之波的河。我的脚步在一阵猛走后慢下来，磨越来越重，汗水滴落在地上，我感到身体的单薄，力量的微小。腿越来越没力气，只在不断地重复，我头晕眼花，顾不得看别的东西。

姥爷求邻居家帮忙摊煎饼，他让我管扎辫子的女人叫姨姥。我弄不清辈分，只好开口喊一声。

姨姥家的灶台搭在院子当中，这个砖砌的灶台是临时搭成的，粗粗拉拉，有的地方干脆用黄泥糊住。铁皮烟囱竖起，灶台旁边堆了不少柈子，都是姥爷从家抱来的。

圆圆的鏊子烧热，姨姥坐在方凳上，不时地从灶炕中抽出柈子，还要再续进去，掌握火的温度。她用油擦子在鏊子上抹一遍油，舀一勺面糊倒在鏊子上。鏊子遇到湿面糊滋滋作响，飘着熟食味。姨姥拿着刮子不停地刮，面糊厚薄均匀，一张酥脆的煎饼摊成了。

看着煎饼，我却没有胃口，一群鸟从天空飞过，留下几声鸣叫。

姥爷一个人推动石磨，一步步地走。符岩山区的沟沟坎坎，都有他的脚印。一天天、一年年，他与土地耳鬓厮磨。

站在院子中，看着远处起伏的兄弟峰。有个人扛着铁锹，沿屯边的小路慢腾腾地走，一条狗在他的身后。

记忆苏耗子

一个人无论走出多远，离开家乡多久，看到东北菜馆，就会不自觉地想起小时吃的东西，记忆溢出食物的香味。

苏耗子和黏豆包不一样，也叫苏叶饽饽、苏叶干粮，它是满族的面食。它状似耗子，外面裹一层苏子叶，习惯叫苏耗子。我喜欢苏子叶味，吃完嘴里有余香。朝鲜族拿苏子叶做咸菜，鲜苏子叶拿盐腌倒，清水洗去盐味，姜、蒜、辣椒搓在一起。

姥姥家在山区，后山坡种了大片苞米，还有上架的豆角，地头长了很多苏子。暑假快要结束，姥姥送我回家，她知道我母亲爱吃苏子叶，那天起了个大早，走出家门没几步，被山中的雾吞噬。姥姥爬上山坡，挎着土篮子在苏子棵中专捡肥嫩、没有虫子眼的苏子叶摘。我对清晨的菜地极感兴趣，鸟叫声清亮，看不清它在哪儿。人划动雾，不时地低头看路，免得踩不稳摔跟头。走出不多远，雾打湿脸和头发，把眼睛上的“眵目糊”洗净，裤子湿乎乎地贴在皮肤上。我们坐一上午的车回到延吉的家中，苏子叶拿出来还有露水的潮气。姥姥带来的苏子叶新鲜，一些腌咸菜，剩下的包一回苏耗子。

苏耗子工序繁杂，提前浸泡小黄米，第二天去石磨碾面。第四粮店在加工点旁边，门前垛着空油桶，一条路上人来人往，买粮的人肩扛粮食，也有自行车推面袋子的。掐面子不是累活，但一步离不开，掐面子排出长队，装满米的大盆，一个个地往前移。掐面机的进口是一方形的漏斗，小黄米从上投入，两个滚子不住地转动。整粒的米碾成面子，下头是长方形的铁皮槽子，槽子是活动的，加工一位换槽子，里面的粉子就是谁家的。面子自己倒进盆子，用撮子一下下地铲进，大人们在一旁唠嗑，孩子们玩踢毽子、打啪叽、弹琉璃，一盆小黄米有时等一上午。碾好的水面子，稀拉吧唧的不能马上使，烧的秫秸灰包在屉布中，放到水面子上吸干水分。这种做法是老一辈人的做法，比较传统，做出来的苏耗子筋道，又甜丝丝的。我讨厌烀豆馅这个活，大灶坑离不开人，必须不停地摇风匣。锅里的水淹没豆子，然后撒上糖精，火不能太急，一点点地熬干。木锅盖用得年头多，透风漏气得盖不严实，母亲拿抹布塞紧四周。红豆烀烂，整粒的豆子拿铲子一下下地捣成糊状。新烀的豆馅香气扑鼻，我一边捣，一边往嘴里塞着吃。蒸好的苏耗子，我就不太愿意吃了。

包苏耗子容易，和好的小黄米面揪成剂子，皮擀得大小匀乎。包好的苏耗子，裹上蘸了少许油的苏子叶，上屉开始蒸，十几分钟后可以出锅。

蒸苏耗子的时候，奶奶不住闲，讲一些老事。口传的民间故事，不是文字所能相比。奶奶不识字，她从祖辈听说的故事，又传给我们这一代。奶奶讲的“聪明媳妇劝夫勤劳的故事”，使我们知道苏耗子的来历。奶奶说话的语气，香气缭绕的苏耗子，在我的记忆中占有重要的位置。

我每次回到家乡，都要到风味小摊上吃一回苏耗子，看着摊主的一举一动，盆中的红豆馅和小黄米皮，想起奶奶讲的传说。现在不掐面子了，超市里有各种包装的江米面，小黄米面用起来也方便，不必像小时候那样，为了黄米面子走出很远，但我总觉得缺少点什么。

在姥姥家的地里摘苏子叶，从未听说过它还有什么用处。关于植物的知识，我贫乏得可怜，打电话问父亲苏子叶有哪些用法，苏子叶有几种。父亲说苏子叶叫“紫苏”，是一种中药。“紫苏，别名赤苏、红苏、黑苏、红紫苏、皱紫苏等。主治感冒发热、怕冷、无汗、胸闷、咳嗽，解蟹中毒引起的腹痛、腹泻、呕吐等症。”在网上查到“紫苏”，我才知道苏子和人有这么近的关系。一个苏耗子包含的文化，这是我绝未想到的。

滨州见不到苏子叶，城市中开了多家东北饭馆，市场里卖东北粉条、木耳、蘑菇、大米、瓜子、豆瓣酱，就是不卖苏耗子。是人们吃不惯口味，还是这里的土地不长？我不明白。

好东西吃多了，嘴就变得尖馋，每一次吃苏耗子，总觉得不如童年的有滋有味。

喝茶的感觉

2014年末，我的眼睛手术后，住在父母身边，每天和他们在一起。

每天早饭后，约有一个多小时，父母坐下来，静心喝茶。清洗一遍茶具，插上电煲烧开水，父亲看《参考消息》，我和母亲唠嗑。我家的双层茶具，是普通的白底小碎花的套装。父亲最烦喝茶时心不静，乱走动，有几次我起身的次数多，父亲就不高兴。他说："喝茶心要静，什么都不想，还要喝透。"古人饮茶是一件重要的事情，不是为了解渴。古人提出的六境，注重环境和饮者的修养，所有的情感倾注在一个"品"字，深藏博大的精神。

父亲一辈子喝茶，茶叶到他手上，捏一撮放到鼻子下，立刻就知道是陈茶还是新茶。长期喝茶，父亲对茶有特殊的感觉，喝一口以后，就能品尝出茶汤的滋味。泡一杯茶，茶香在空中飘荡。我原来喝茶是大众喝法，基本上为了解渴。每天上班，先洗净玻璃杯，放入茶叶，倒满热水，放到工作的台案上，想起来就喝一口。茶水随时间消耗热量，渐渐变温变凉，有时不等喝完，茶汤已成凉水。

自从和父母在一起喝茶，才发现自己不会喝茶，这么多年，没有走进茶的灵魂。周作人说过："喝茶当于瓦屋纸窗之下，清泉绿茶，用素雅的陶瓷茶具，同二三人共饮，得半日之闲，可抵十年的尘梦。"周作人说茶喝好，可顶十年的"尘梦"，这是一种境界，不是每个人都能理解。我喝了二十多年茶，到了五十多岁才入门。"尘梦"做了不少，却抵不上一杯清茶。《神农食经》上记载："茶茗久服，令人有力，悦志。"茶喝好以后，人的一天精神充足，茶能去体内的杂物，也能让人处于清虚和睦的状态中。我喜欢绿茶的单纯，"洗胸之积滞、致清和之清气"。

回到滨州的家后，我按照父母的教导，买了一套双层茶具，花纹和茶壶的形状，和父母使用的差不多。茶具的到来，改变了我很多生活习惯。我虽然不上班，但严格遵守作息时间。清晨六点起床，打理洗漱，六点半吃早饭，出去散步半小时。七点半左右，坐在电脑前，开始一天的工作。

写到八点半，休息一会儿，将茶具端到洗手池里，一一清洗。洗的时候，绝对不用清洗剂之类的东西。我在单位向一个女同事学会一招清洗法，在布上挤出牙膏，然后在壶上反复擦动，很快茶垢被消除净。顶层的盘底有六个眼，中间一个，其余五个环绕，溢出的茶汤，顺着这些眼流入下面的盆。我每次都要精心地擦洗茶具。清洗的过程中，心沉静起来，有了一种渴望。好的茶叶，给人太多的想象，一片叶子在沸水中滚动，渐渐舒展开，它将山野的清香，激荡地送到嘴边。茶汤流入口中，满嘴都是山野的芬芳。

洗净的茶具，我恭敬地请到桌上，在壶中投入茶叶，等待电煲烧开水。时间久了，每天喝茶成了一门功课。我要打开书，走进古典，去寻心的安静。喝茶不仅是为了解渴，也是想用山野的天然之物，帮助燃烧体内的肠油，减掉肥硕身体的多余脂肪。茶叶变幻无穷，是说不完道不尽的文化。每一种茶叶，都各自有不同的感觉记忆。

喝茶是感受，在品茶中，有清心的状态。

第一滴酒

2013 年底，刚做了眼睛的晶体移植手术，遵医嘱，坚决不喝酒。酒离我越来越远，变成记忆中的事情。

我家经常包水饺，每次拌馅儿，都是我亲自动手。拌馅儿离不开酒，家中没有配制的料酒，只能用普通的酒。餐桌上摆着的大玻璃瓶子，装十斤散装酒，每次做菜所用的酒，都是从这里舀的。

2009 年 6 月 8 日，我去浙江金华黄龙洞参加笔会，又去了双龙山，我国道教第三十六洞天所在地，又称赤松山，相传为晋时黄初平修炼得道成仙处。著名作家叶圣陶曾经写过《记金华的双龙洞》：“一路迎着溪流。随着山势，溪流时而宽，时而窄，时而缓，时而急，溪流声也时时变换调子。入山大约五公里就来到双龙洞口，那溪流就是从洞里出来的。”这篇小学课本上的文章，影响了一代代人，这一名篇刻在双龙洞对面的石壁上。每年深秋时节，金华双龙旅游公司，都用快递给我寄来当地的特产金佛手。金佛手主要分布在闽、粤、川、苏、浙等省，金华的最有名气。一接到纸箱，还没有打开，里面的药香溢出，特殊的香气，疾速往鼻子里飞。金佛手形状奇特美观，从顶部裂纹伸出的茎，仿佛观音的手指。金佛手不仅有观赏价值，其根、茎、叶、花、果均可入药，它具有重要的药用和经济价值。我在北方长大，第一次见到金佛手，感到十分稀奇。鲜果散发出的香气，一缕缕地飘来，充满整个屋子。

思量再三，我决定将它们泡药酒，观赏的同时，还能喝药酒养身。家中找不到合适的瓶子，妻子专门去卖酒的店铺，买了个大玻璃瓶子。几天过去后，金佛手的色泽有些变化，我拧开瓶盖，酒和金佛手的香气糅合在一起，发出裂变的味道。后来父亲送我一根鹿茸，我又将从延吉带回来的人参投进，不久加入朋友送的刺五加和五味子。各种山野的味道，在纯酒中交织、纠缠，杂交出奇特的芳香。

每次一打开盖子，药酒的冲劲形成一团蘑菇云，从圆形的瓶口升腾，然后在空中扩散。酒不一定喝到肚子里，闭上眼睛闻，也是一种享受。

大半年不喝一滴酒，对酒变得陌生，我们行同路人。星期天在家包水饺，妻子嘱我调馅儿，只差最后的料酒。我拧开装酒的瓶盖，药酒的香气扑在脸面，我几乎醉倒。舀了一勺，倒在肉泥上，勺子的边缘，有一滴药酒挂住，形成一个酒珠。我拿到嘴边，伸出舌头舔，口腔里溢满药酒的香气，辣中带着药的气息。

我和药酒有了深刻的接触。

两只茄子

洗净的两只茄子，摆在菜板上，锃亮的菜刀，躺在一边，望着泛水湿的茄子。

我站在它们面前，不是审判官在审理案子。我在厨房只是临时的厨师，面对两只茄子，我在犹豫该伸左手还是右手。我在矛盾中打量它们，茄子被清洗干净，紫黑色的茄子，经过水的湿润，闪出神秘的光泽，诱惑人去看它心中的秘密。摆在右边的菜刀，它和茄子的风格不同。菜刀跟随我家十几年，天天和它打交道，产生了特殊的情感。菜刀的木柄，由于长年的把握，边缘出现残破，但它绝对不会损伤我的手。窗外投进的阳光，落在刀锋上，漫出冰冷的激情。刀的骨子里充满等待、冲击和服从，瞬间的工夫，它会将美好的东西劈开，或者拦腰中断，而我是破坏的参与者。由于我们是合谋，彼此间配合默契，只要行动无须语言，很快就要发生预谋的事情。

茄子是外来户，今天早晨在小区外的露水集上，我从一位满脸皱纹的老人那里买的。当时他的摊位靠外，我不想往里走，就在他的摊前站住。地上铺的老粗布上，堆起小山般的茄子，样子都差不多，大小也差不多，让人茫然。我不知道挑选哪一个好，蹲下身子，离茄子堆更近了，闻到淡淡的气味。我从茄子的颜色分析，得出结论，这不是菜贩子的二手货，肯定是新从地里摘下的新鲜货。我的手触摸了一只茄子，有特殊的感觉，快速地钻进身体中。我不再犹豫，随手拿了两只茄子，放进老人递过来的塑料袋里。

走在回家的路上，看它们温顺的样子，一定不知道将面临什么样的结果。我很得意，想在家人面前露一手。我在策划一场危险的阴谋，缜密地设计每一步，不想让人发现。事情缘于一张图片，我无意中在电脑上看到 800 个小炒，其中有一道“红烧茄子”，做好的菜摆在盘中，似乎飘出菜的香味，我被菜的形象迷住。大地上生长的普通菜，经过人的情感，火的热烈，在锅中创造出绝美的形和味。

我记下了菜的每道工序和所需的材料。整个下午，我脑子里全是茄子被红烧的情景，“红烧茄子”的文字地图，烙印在我记忆中。茄子、菜刀、炒锅不断地飞来，构成“红烧茄子”的交响曲，在宏大的乐曲声中，一天的黄昏降临。

我不再思考，左手抓住茄子摁在菜板上，这是危险的信号，对菜刀发出开始的命令。菜刀握在手中，刀和木柄合而为一，我感受木质的安稳，和刀锋的等待。一缕阳光，透过窗玻璃，一路高兴地奔来，它落在菜板子边缘，似乎是为了看热闹，加油助阵。

一声脆响，菜刀奔向茄子，果断地切掉头部。我按照工序，去头断尾，切成滚刀状，完成了制作“红烧茄子”的第一步……

家常豆腐

我生长在北方，喜欢吃老一点的豆腐。朋友们聚会，每次点菜，我都要来一盘家常豆腐。

梁实秋描述豆腐时说：“豆腐是中国食品中的瑰宝。豆腐之法，是否始于汉淮南王刘安，没有关系。反正我们已吃了这么多年，至今仍在吃。在海外留学的人，在唐人街打牙祭少不了要吃盘烧豆腐，方觉有家乡风味。有人在海外制豆腐而发了财，也有人研究豆腐而得了学位。”梁先生说得有道理，豆腐是家常菜，南方也好，北方也罢，可以隔三差五吃一顿。豆腐吃法简便，老家有一种吃法，菜名非常好记，叫“鸡刨豆腐”。油熬开了，放葱花和五香面，整块豆腐入锅，铲子铲碎。还有的人家做豆腐汤，炝锅水开，豆腐平放在掌中，右手拿刀，从中间片过，然后横切几刀，再竖切几刀，骰子块的豆腐落入滚沸的汤水，浇上打好的鸡蛋汁，一会儿的工夫，一碗鸡蛋豆腐汤上桌了。

干豆腐，这是东北人的叫法，山东人叫豆腐皮，干豆腐被卷在豆腐包上压成薄片，有细细的布纹格。干豆腐买回来就能吃，切成细丝和嫩香菜段、葱丝一拌，放酱油和醋精，味道纯美，一筷进嘴，几日不忘。离我住处不远的康家市场，有一家专卖豆腐的东北人，干豆腐，水豆腐，豆腐丝，豆腐干，不一而足。中秋节一过，举家从东北来，天气一热，就回老家猫着去。他家的豆腐远近闻名，做得干净，东北运来的豆子不掺假。我每次买豆腐，听一听浓重的乡音，唠几句嗑，心情舒畅。

汪曾祺是美食家，读了他很多关于吃的散文，没想到他拿笔的手，会做那么多色香味美的菜。他写咸蛋拌豆腐："咸蛋拌豆腐也是南方菜，但必须用敝乡所产'高邮鸭蛋'。高邮鸭蛋蛋黄色如朱砂，多油，和豆腐拌在一起，红白相间，只是颜色即可使人胃口大开。别处的咸鸭蛋，尤其是北方的，蛋黄色浅，又无油，不中吃。"老先生漂泊在外，离家多年，对家乡有些偏爱，可以理解。博兴麻大湖的"金丝鸭蛋"远近闻名。鸭以湖中的蛤蜊为食，野生放养，鸭蛋品质好，腌制蒸熟，蛋清蛋黄相交，有蛋黄油圈，似金丝绞缠，蛋油多而不腻，过去曾是皇家贡品，只是没有大散文家作文远播而已。可惜汪先生没到过我的家乡延边，很多的豆腐吃法，他就无法了解了。

春节前的几天，大雪不停地下，家乡冷得出奇，手不是抄在袖口里，就是戴着棉手闷子。节前家家冻豆腐，炸豆腐泡，做豆腐丸子。我母亲做的干豆腐卷好吃，来客人时不费事，吃起来方便。铺开干豆腐，剁好的肉馅摊匀，滚成卷，开口用粉面糊封死，上屉蒸熟。做好的豆腐卷放篮子里，挂到仓房，在冰天雪地中冻实。客人来时，拿一卷馏透，切成一片片，一层肉馅，一层干豆腐，层次搭配分明，装盘上桌，是下酒的好菜。那段时间豆腐难买，晚上豆腐票和钱放好，水桶绑在爬犁上，凌晨 3 点起来，拉着爬犁去买豆腐。豆腐买回来才 6 点多，走了很长的路，饥饿和寒冷啃得人闹心。我和邻居小文躲在他家的厨房，从桶底翻出热豆腐，下生豆油和酱油，舀上一匙辣椒油，红白一拌，鲜味无比。

2003年我回延吉时，听到卖豆腐的声音，想起少年时戴着狗皮帽子，穿着棉靰鞡，在寒风中踏着积雪，端一小盆黄豆去胡同口换豆腐的情景。那天早晨，我又吃了一次生豆油拌豆腐。这道菜菜谱上不会有，只有在独特的背景下，才可能产生这样的吃法，汪老先生一定没有吃过。

袁枚是散文家，也是大美食家，他在《随园食单》里写了很多道菜，其中有对豆腐的介绍："蒋侍豆腐""杨中丞豆腐""张恺豆腐""庆元豆腐""芙蓉豆腐""虾油豆腐""冻豆腐"。这些豆腐有的听说过，有的吃过。

冻豆腐是东北菜，这和地域有关。"腊七腊八冻掉下巴"的日子，鼻尖冻得通红。豆腐放在盖帘上，随便搁院子里，一会儿就冻得硬邦邦的，黄色的豆脂溢出。冻豆腐最好是炖，不要炒。砂锅冻豆腐是风味菜，用老汤最佳，配五花肉，不能放酱油，破坏汤的色泽。在炭火中的砂锅，汤水滚沸，冻豆腐起蜂窝，厚汤吃透，撒一些香菜末借味。很多年没吃冻豆腐了，感觉在冰箱中冻的豆腐有怪味，怎么也不是小时候吃的冻豆腐，兴趣大减，从此只有回味。在酒店有几回，吃冻豆腐火锅，应该也是冰箱冻的豆腐，没什么情调。

滨州有一家小馆子，名叫"农家小院"，地处偏僻，是东北人开的，我常去吃。店面不大，临窗有一铺炕，炕上的方桌年头久，有时间的淤痕。墙上贴着老画，有《红灯记》的剧照，还有毛主席站在天安门城楼挥手的宣传画。盘腿坐在炕上，酒盅是老式的小瓷盅，喝高粱小烧，点几样家乡菜，溜豆腐，血肠，再要一个砂锅炖豆腐。

有一天来朋友，想请他吃一顿东北菜。中午到“农家小院”，不知什么时候关了门，改成了一家杂货店。

秋深了，卖豆腐的东北人回来，又可以吃老乡做的豆腐了。

纯粹的豆腐香

姥姥家住在镇子的最里面，那一片连着矿区。镇上的人，以矿俱乐部为中轴线，习惯把镇子一分为二地划开，俱乐部往上叫矿里，往下叫下街，再往下就叫三公地，姥姥家住的地方就是矿里。

小镇有一条街从东贯到西，到俱乐部前岔开，分为两条街，人们叫它裤裆街。居民分住在街的两边，小河伴着街道流向远方。镇上豆腐房临近春节忙得三班倒，因为每家每户要冻很多豆腐。姥姥家冻豆腐时，把豆腐摆在盖帘或木板上，放到户外的柴垛顶端，零下三十多度的气温下，就是天然的大冰箱，豆腐冻得硬邦邦的。上街买豆腐，大多是三舅的活。我在姥姥家最清闲，什么活都不干，谁也不让我干。三舅在“门斗”里准备东西时，我穿好棉靰鞡，抓起“棉猴”，嚷着让三舅等我一会儿。

五十年代，天宝山矿红火了一阵，创办铅印小报《红色矿工报》。矿上的工人来自四面八方，有河南、河北、山东、安徽的，走在不大的小镇，能听到各种外地口音。土坯墙的房屋是当时突击建成的，很少有砖瓦到顶的房子。房屋建在半山腰，上下有青石砌的台阶，石块形状大小不一，在岁月中被来往的人踩踏，深陷泥土之中。屋前通行的路，窄得只能并排过两三个人。我和三舅手拉手，三舅挑着水筲，我们向下街走去。

雪后的小镇寒风凛冽，山冈在阳光下泛炫目的光，顶着绿色树冠的松树，在雪的衬托中青翠夺目。一只狗拉开腰身，蹿过山坡狂跑，它发现了猎物，雪中深陷爪印。三舅吹着口哨，吹的是《延边人民热爱毛主席》，这首歌延边的大人小孩没有不会唱的，听大人们讲，这首歌的作曲家金凤浩就是延边的朝鲜族人。三舅穿的是黄色的大头鞋，每走一步，雪地嘎吱一声，留下一个大大的脚印。水筲随着走动晃悠，扁担钩和筲梁摩擦发出声响。鼻子尖冻得疼，我拿手捂了一会儿。远远地看见俱乐部，红砖绿顶，它是镇上唯一的二层楼房。我在那里看了好多部的电影，《决裂》《海岸风雷》《看不见的战线》《第八个是铜像》《欢腾的小凉河》《南征北战》等。

那天不知为什么，豆腐房门前没有排起长队。前几位很快买完，豆腐房里热气弥漫，几乎看不清人，水泥地上湿漉漉的，黑胶皮管子淌水，接在一口大铁锅中。从姥姥家到豆腐房，在外面走了很长的路，一遇到热气，脸火辣辣的，猫咬一般。

屋里的人如同在云雾中穿行，哗哗的淌水声、铁盆的撞击声、靴子踩水的清脆声、人的说话声，各种声音交织在一起。敞开的大门排不出多少热气，站在门口，让灌进的冷风吹在身上。三舅把豆腐票和钱给了豆腐房的人，一块块地数着放进筲中的豆腐。

豆腐白嫩嫩、颤颤抖抖装满了两筲。三舅挑起担子，我跟在他后面，出了热气缭绕的豆腐房。寒冷扑面，我打了个冷颤，三舅穿着半大衣，鞋又重，走路很费劲，榆木扁担弯成了弧形，筲中的豆腐冒着雾气。离豆腐房越来越远，我们没有来时的轻松和自在，我听得清三舅重压下的喘气声，他摘下棉帽子递给了我。走了一段路，豆腐还在冒气，三舅停下歇口气。他让我扶着扁担，翻动上面的豆腐，在底层掰了块热豆腐，塞进我的嘴中："快吃，热乎乎的，这时最好吃了。"

新豆腐，豆制品的香气溢满口中，我觉得这是世界上最美的食品。热气一点点地小了，上层的豆腐结了薄冰碴。我用手背抹一下嘴，对三舅说："三舅，我挑一段。"学着三舅的样子，蹲到扁担下，一挺身，感觉担子的重量，咬咬牙，迈动第一步，晃悠悠的像喝醉一般。

不改旧时香味色

父亲好喝茶，他有一把紫砂壶，读书累时，泡一壶茶，香气缭绕中坐在沙发上，望向窗外的天空。

如今父亲七十多岁，不改喝茶的习惯，跟了他三十多年的紫砂壶摆在书橱上，舍不得再用。每天经手的摩擦，色泽变深，紫砂壶成为珍藏品，父亲和家里人对它爱护有加，不想使用中发生意外。

紫砂壶是剧作家斯民三送给父亲的，我看过《普通党员》《小字辈》等他写的多部电影。当年他妹妹斯剪剪是知青，戴一副眼镜，在苇子沟下乡插队。有一次出工时，她被贫下中农家的狗咬伤大腿。远离家乡，乡下医疗不及时，她就被送到我家，在我母亲的精心护理下，养了半个多月的伤。那一年秋天，斯剪剪回上海探亲，她哥哥为了答谢，托妹妹捎来紫砂壶。

家里来“且”时，父亲就用紫砂壶泡茶招待，一个铁皮茶叶桶，上面印有西湖的图案，跟紫砂壶形影不离。我年纪小不知茶的好处，有时喝一口，苦苦的，觉得没意思，不明白为什么父亲不喝酒，却好喝茶。紫砂壶跟着我们一家，从东北来到了山东，多少年是家中不可缺少的东西。

我现在喝茶，跟那时的熏陶有关。每天的第一件事情，就是泡一杯茶，如果不喝茶，一上午就感觉少些事似的。我喝茶不讲究，对茶叶不挑，绿茶更好一些。我喝酽茶，并不为了提神，只是个人的喜好。大玻璃杯多放些茶叶，倒入沸水，香气清新，先忙别的事情，抽时间喝一口，不误工作，也不误喝水，两全其美。其实“快餐喝法”纯粹为了水而喝，坐下来，一点点地品，却更有回味。后来读苏轼的诗，对茶有了感受：

活水还须活火烹，自临钓石取深清。
大瓢贮月归春瓮，小杓分江入夜瓶。
雪乳已翻煎处脚，松风忽作泻时声。
枯肠未易禁三碗，坐听荒城长短更。

苏轼用“活水”“活火”两个活字，道出一种境界，让我对煮水的器具、泡茶的水质、饮茶的用具有了初识。闻龙在《茶笺》中说：“摩掌宝爱，不啻掌珠。用之既久，外类紫玉，内如碧云。”壶用久了，人和壶之间多出感情，芳香渗进壶的紫砂里。积挂的“茶锈”存下香气，空壶不入茶，往里注入沸水，也会漫出茶香。苏轼喝茶讲究，“铜腥铁涩不宜泉”，他对壶的选择严格，不会随意乱用。“东坡提梁壶”，相传为苏东坡所创制，端重圆纯，提梁设计简巧，无一处赘处。有了名壶，沏茶的水也很重要，好茶没好水，茶就瞎了。

读汪曾祺的散文，如同品茶。他对茶有自己的看法，昆明黑龙潭的泉水，是他喝过泡茶的好水：“骑马到黑龙潭，疾驰之后，下马到茶馆里喝一杯泉水泡的茶，真是过瘾。泉就在茶馆檐外地面，一个正方的小池子，看得见泉水咕嘟咕嘟往上冒。”我居住的城市，喝的是黄河水，一拧开水龙头，飘出浓重的药味，白色的药物浮在水中。现在每天晚上，睡觉前接一壶水，沉淀上一夜，第二天煮水泡茶。

我的书橱上，也有一把紫砂壶，壶的色泽深，短短的嘴，盖上的拎手是一条打挺的小鲤鱼。壶的大小适合独饮，或两人使用。它和我父亲的紫砂壶不一样，形状、色泽、年代不同，意义也不相同。我的壶从进入书房后，就没装入一滴水，也没闻到过茶香。摆在书橱是件工艺品，时常用湿布擦一下，抹去落的灰尘。拿在手中把玩，壶口对准阳光，光在壶中游荡，伸进两根手指，想捏出一缕阳光。

2003年，朋友从老家宜兴回来，他喜欢摄影和绘画，日常我们一起交流读书。他把我叫到家里，桌子上摆了几把大小不一的紫砂壶，让我选一把。我二话没说，选中了小一号的壶。它没有引人注意的地方，壶底的落款，施印“满晓玲制”。壶是他表哥家作坊产的，也可能是他的表姐，要么表妹的名字，也就是壶的制造者。

人和茶相伴不会寂寞。旅行途中，早晨起来洗一把脸，趁同车厢的人沉睡，热水器中的水烧开，沏一杯热茶，坐在窗边，望着掠过的风景。冲开的叶子在水中沉浮，茶色淡雅，细品慢啜，回味润喉的感觉。清浓的香味，冲入肺腑，解除了离家的思绪。这时广播响起，流动的售货车走动，热水炉的水不够用，泡方便面的，一个个排队等候。

2010年11月，我去了重庆的北碚，拜谒复旦大学的旧址，去了梁实秋的雅舍。读他女儿梁文茜的《忆雅舍》，其中写道：“南边一间最讲究，有一套藤沙发，花靠垫，墙上挂着字画，这里常来的客人有萧伯青、席徵庸、老舍、胡絜清、赵清阁、陈可忠、王向辰、顾敏琇夫妇等，好多父亲的老朋友，有的走着来，有的坐滑竿来。这是一间父辈朋友聚合的场所。”梁实秋和友人们聚会，自然少不了茶。黄昏时，我和高淳海走进雅舍里梁文茜说的那间房，现在人去屋空。梁实秋在一文中说：“近有人回大陆，顺便探视我的旧居，带来我三十多年前天天使用的一只瓷盖碗，原是十二套，只剩此一套了，碗沿还有一点磕损，睹此旧物，勾起往日的心情，不禁黯然。盖碗究竟是最好的茶具。”我们在雅舍，见不到旧的东西了。窗口一张桌子，是梁实秋写作的地方，我拍了一张照片，留下一段情感。在雅舍马路对面的不远处，有一家茶店，高淳海每次放假回来，带的茶叶都从这家买，现在已关门改做别的生意。

回到济南的家中，老壶泡茶，小瓷杯喝水，和父母唠嗑。我对茶是外行，尽管天天喝茶，上班泡一杯，下班沏一壶，对茶文化没有太多的造化，我只是喜欢茶的味道。

全国粮票

我家的粮票放在一个铁盒子里，那铁盒子在市场上很少见，它原是装奶糖的，是上海知青探亲回来送的礼物。盒子是淡黄色的，上面印着大白兔，长长的胡须，大眼睛，笑眯眯的，拉的小车上有一只装满奶糖的小筐。

这个铁盒子平时锁在柜子中，里面不仅放粮票，还装粮簿、煤证等重要的票证。平常上街买食品，拿的是地方粮票，很少花全国粮票，那粮票用处大，珍贵，出了吉林省，没它饭都吃不上。

每次我去“朝阳饭店”买米饭，拿的都是地方粮票。大米定量供应，但饭店的大米饭不限量，只要有粮票就行。“朝阳饭店”的门口挂两个幌子，离老远就能看到，风大的时候，晃得厉害，像要飞起来。“朝阳饭店”的米饭做得好，米饭掺杂着大豆，火候掌握得合适，又不串烟，我愿意去那里买饭。买饭带两个盆，买完饭，上下一扣，严丝合缝，不仅挡灰，也防风吹凉了饭。

饭店平时不忙，一到饭点，人就多了起来，不能去得太晚，晚了买不上饭。大厅里排几溜圆桌、方凳，地上的油痕可辨，卖票的窗口挤了一群人，去了就得排在那儿，等到点开票。窗口上有一块小木牌，写着毛主席语录：“要斗私批修！”我个子不高，头顶在牌子的下边，一不注意就撞头，所以我必须时时躲开牌子，免得撞到头。

米饭刚一出锅，热气腾腾，米香味诱惑人的胃口。米饭装在特大号的铝盆中，要两个人抬。盛米饭的量具，像放大的手榴弹形状，盛饭的不是铲子，而是五齿的叉子，一下下地铲到量具里，再倒入顾客的盆中。那一叉子是半斤，每次我数几下，相加起来的总数，就是我买的斤数。

每月给父亲寄一次全国粮票，他在北京修改长篇小说。全国粮票不能随便寄，必须出单位的证明信，写清事情的原因，盖上公章。布尔哈通河横穿市区，父亲的单位在河的南岸，下了河堤还要走一段的路。一座灰旧的楼，挤着几家单位，楼道里破旧不堪，有的窗玻璃已碎裂，墙皮像衰老的皮肤。父亲的单位在一楼西侧，采光不好，屋里光线暗。我每一次去，屋顶的灯都亮着，似乎终年这样。我排行老大，开证明大多是我的事情，妹妹小，很少让她们去。我也喜欢做这事，一路上玩耍，能看到很多情景。布尔哈通河河水清亮，水流平稳。到了夏天，这里是孩子们的天下，他们结伴而来，在河里洗澡，在沙滩上追逐，逮蜻蜓，抓蝴蝶，捕蛤蟆，太阳落山时，他们也不愿回家。洗衣服的妇女们，把洗净的衣服晒在艾草棵上，棒槌捶打衣服的声音，在空旷的河边传出很远。有时我不走延吉桥，而是找浅水的地方涉水过去。水清凉，哗哗的水流声，像朋友的话语，水波像笑容，充满了吸引力，让人想走近它。

河边的松树林，传出一阵阵的鸟儿叫。林间的草茂密，拿弹弓打鸟的小男孩走进去，很快被吞没，见不到人影了。我在河边玩上一阵子，裤腿挽得高高的，捡拾着光滑的卵石，打水漂，看卵石在水上跃跳，荡起一圈圈涟漪。偶尔有一条小鱼游过来，小鱼灵活，老百姓叫它“柳根子”。它不理睬我，就在腿边擦过，我想捉到它，却弄了一身水湿。不远处有赶车的吆喝声，很多马车来这拉沙子，运到建筑工地，岸上被挖得四处是坑，惨不忍睹。

从粮店取回全国粮票，我趴在炕上，一张张地品味。粮票像一幅小画，斤数不同图案不一样。壹市斤的粮票是红色的，上面是一辆“东方红”拖拉机；半市斤的粮票是绿色的，上面是一列奔跑的火车；伍市斤的粮票是紫色的，上面是一座水坝和一座输电塔，背面都是中华人民共和国粮食部的红印章和几条使用说明。粮票包好，装进带蓝白相间条纹的航空信封中，寄给在北京的父亲，这是他的口粮。

我家也有一些外地的粮票，那是父亲出差时没有花完的，都放在装大白兔奶糖的盒子中。那时候，粮票和钱对于每一个家庭非常重要，不能轻易乱放。

水中漂浮的眼睛

姥姥的咳嗽声，打断我的梦。我听到“门斗”里水筲碰撞的清脆声，三舅每天早起的第一件事，就是去井沿挑水。

姥姥家的水缸特别大，里面能装一个小孩，三舅必须挑几担水才能填满。我睁开眼睛，炕上只有我一个人了，敞开的窗子外，浓雾堆叠，看不清远处的山冈。“河套”水的流淌声穿越大雾，湿润而响亮。水筲和扁担钩的摩擦声，一点点地远了，三舅快到井沿了。

我爬起来扶住窗框子，身子探进雾中，什么也看不清。雾打在脸上没有疼痛，是一片湿润。身上残留的一撮睡意，消失得无影无踪。我的目光撕扯黏稠的雾，寻找三舅的影子，雾一层层地遮拦，鸟儿的叫声直往耳朵里钻。井沿传来说话声，三舅和邻居唠嗑。我急忙穿鞋，一只脚伸进鞋里，另一只脚还未进去，趿拉着鞋就往外面跑。暑期快过去了，第一次下这么大的雾。我推开“门斗”的门，一头扎进雾中，顿时被雾包围，伸出手，划水一般地在雾中走动，下石台阶时，小心地一级级地下，怕一不注意踩空了。台阶下，是一条通往井沿的小斜坡土路，不用拐弯，一口气跑到井沿。我故意张开大口，迎着雾气，一路奔跑。雾湿漉漉的，品不到什么味道，我想我肚子里肯定挤得满是雾，我感到自己成了雾人。

井沿不时地传来铁筲碰撞石壁的声响。我家在延吉使用的是公共自来水，大院的老彭家负责供水。他家的房子坐西朝东，山墙面向南。在墙上开了窗子，下面凿一个圆洞，窗子旁挂着小牌子，红底白字，写着一天的供水时间。到点的时候，里面伸出一根胶皮管子，排在前面的人，将管子探入筲中接。每天我都要排队接水，一天三次都是我的任务。水管的水出得慢时，来不及等，怕耽误上学只好等中午。姥姥家吃水方便，无时间限制，什么时候水不够了，摘下扁担，挑上水筲，不论刮风下雨，来到井沿就可打水。我喜欢晴天，深井中的水面，漂浮着水中的眼睛。我们彼此对望，看到自己的眼睛被水托浮，感觉到陌生。我和三舅到井沿去，争着往上拽水。三舅不需要井绳，他把筲挂在扁担钩上，筲接近水面时，手腕一抖，筲斜倒在水上，水一点点地流进筲中，不一会儿筲就灌满。然后拉起水筲，几下就拽上来了。我需要井绳，有一次学三舅的样子，筲挂在扁担钩上，一倒在水上，筲就脱离了扁担钩在水上漂，我急得晃动扁担钩，几次要钩上，它又有意躲开。水中的眼睛里露出焦虑的神情。心躁手乱，根本不听使唤，我恨不得跳下去，用手把它挂上。三舅笑呵呵地接过扁担，几下子就将水筲挂上，拉起满满一筲水。溢出的水砸在水面上，激起水花，荡起一个个水圈，浮在水上的眼睛荡来荡去。从此，我就用井绳打水，这种粗麻绳，一端接着8字形的钩，侧面有一个弹簧舌，摁一下张开，筲梁伸进，松开弹簧舌，锁住水筲，怎么晃都不会脱钩。

井沿越来越近，但是什么都听不到，浓雾中只能通过声音辨别方位。隐隐看到三舅的身影，他俯在井口，我喊了一声：“三舅。”他应答一句。三舅打了小半筲水，扁担搭在井口的木框上，说道：“洗洗脸吧。”三舅倒出水，我的手靠近筲口，接了一捧水，胡乱地往脸上抹。冰凉的感觉蹿满全身，打了一个寒战，不禁想撒尿。

“河套”的流淌声冲进耳朵里。井沿有一条通往“河套”的小路，不过几百米，如果横插过杂草地就更近了。蛤蟆的叫声一排排地推来，其中有一只，胆大地从密实的草中弹出来，仰着头对我们大声叫喊。我和三舅说先挑水。我钻到扁担下，肩顶起，挺起胸，右手扶住扁担，迈开步子。从井沿到姥姥家的坡，看上去不是很斜，但挑一担水，走起来费力。我走出一小段，喘得厉害，拉风匣一样，身子不听使唤，两只水筲悠动。三舅跟在一边，看到我艰难的样子，他也不说换一下，我只能硬挺，坚持再走几步。水从筲里晃出洒在地上，这样下去，到家水得晃出半筲。三舅没说话，接过扁担，他比我还瘦一些，但浑身积攒了太多的力气。筲在他的肩上听话，不左摆右晃，水也不往外溢，我跟在他身后往姥姥家走去。

我不是从门进屋，而是从窗子爬进去。

脱下鞋，丢到地上，我躺在炕上。外屋传来动静，三舅往水缸里倒水的声音打破清晨的安静。水筲和扁担钩相碰的声音响起，三舅还要去井沿挑水。姥姥又是一阵咳嗽，她抽烟抽得气管不好，常年吃“氨茶碱”。我想睡个回笼觉，却一点睡意也没有，望着窗外的雾，有些淡了。

我爬起来，手伸向窗外，想抓住一丝雾。我噘起嘴唇，吹了一口气，热气被融化到雾里，变成雾四处游荡。三舅的脚步声在雾中变得沉重，一步步地挑着水上台阶，水筲一点不晃，他慢慢被我看清。外屋一阵炝锅的声音，菜香味飘进来。

早饭是大米饭，菜是豆角、土豆炖肉，还有新炸的辣椒油，这是我最爱吃的饭菜。窗外的雾渐渐退去。我吃饭间好喝水，来到外屋的水缸前，看到水中的眼睛在和我对视。我拿起水瓢，用力地舀了一下，水面动荡，眼睛还是在波纹中注视着我。

我喝干瓢里的水，把瓢丢在缸中。三舅新挑的水带着清爽，送来说不清的滋味。

我不想回到饭桌前，走出光线昏暗的“门斗”。对面的山冈露出轮廓来。“河套”的水声，响得格外嘹亮，鸟叫声越来越欢实，雾气让它们的嗓子更清脆。

姥姥在屋里喊，让我吃完剩下的一口饭。

菜地的故事

我家的后园外有一片菜地，一年四季变化着。

春天过去，一天天变暖，还不能修整菜地，播不了种子。日落时分，菜地尘土飞扬，人喊狗叫。大院和邻院的孩子们，玩“跑垒”的游戏。找一根树枝画好图形，线画得曲里拐弯。两方以大院为阵，我们派大个冲击对方的防守。玩不了一会儿，喊杀声中大汗淋漓，脱去棉袄丢在地上，继续投入厮喊中。浮土被踢得滚滚而起，清冷的空气中有尘土味。对方阵营中小一点的孩子被扯倒在地上，他还奋力地挣脱，免得出线淘汰出局。他家的大黄狗圆眼怒睁，愤恨地狂叫，时刻准备冲上去保护主人。天色黑了，喊声不如开始响亮，力气消耗得差不多了。有的人家打开窗子，喊着孩子的名字，呼叫回家吃晚饭。

邻居老丛家，跟我差不多大的孩子叫小青，长得文静，脸上有几颗雀斑，平时言语不多，写一手漂亮的钢笔字，干什么像什么。

天气一天天转暖，菜地边的榆树墙，干巴巴的枝杈发芽，针尖似的绿，渲染风和气暖的日子。

星期天早上，吃完饭后，我将方桌放到炕上，准备做作业。向窗外张望，一群孩子在菜地围着小青，我趴到窗台，想看清他们在干什么。不一会儿，其中一个人举着大风筝向前猛跑，小青摇动手中的线拐子。燕风筝脱离了手，在空中颤巍巍地飞，小青放的线越来越长，风筝向上攀升。我没有心思做作业了，下炕穿鞋往菜地跑。

我一路小跑来到菜地，却是另一番情景。燕风筝突然落下来，一头扎到地上。几个人呆站在那儿，谁也不说话。看着摔坏的风筝，我的兴奋劲儿没有了，小青二话没说，缠好线，扛着风筝回家了。风筝贴在他的背上，毛笔画的眼睛，孤独地向我们告别。

一天放学回家，我口渴得难受，拿起水舀子一阵猛喝。敞开的窗子，传来拖拉机的突突声。我向窗外望去，菜地大半个地方，被手扶拖拉机翻耕，露出黑土地，春天不知不觉要过去了。

夏天的菜地，种的白菜可以上市，蝴蝶飞来飞去，在菜地的一头，有一座土坯草顶的水泵房。风吹日晒，雨淋雪打，土坯的墙面变得凹凸不平，稻草苫的房顶，褪去金色的光泽。木门扭扭斜斜，挂着生锈的“永固”牌锁头。门上裂开缝子，晦暗的泵房，变成猫和老鼠游戏的地方，猫钻进钻出。土坯墙上挂着简陋的配电盘，黑色的刀闸，轻轻一合，电机就会叫起来，地下水从管子里喷出。菜地的四周有一条渠道，泵房的水泵一响，从地下抽出的水就顺着黑皮管子淌出，流进渠中。守泵房的中年妇女，扛着铁锹巡视菜地，不管天气多热，她总是穿高筒靴子，走在窄小的垄台上。需要放水的地方，她挖几锹掘出口子，缺口一开，清亮的水跑进菜地。

我们家的后园种了一片菜，用盆从屋里接满水，再端出来倒进地里，非常麻烦。菜地的水渠在我家的园子外面，有风的日子，荡起洗衣板似的波纹。后来我找一截胶皮管，在水渠与我家的园子之间挖了一道沟，将管子放进去，再埋上土变成暗渠。泵房放水时，通过管子，一部分水截流进来，我家的菜地从此再不用盆浇。我对自己的杰作得意扬扬，仿佛完成一件伟大的创举。其实看护员早发现秘密了，每次给水时，她都沿着渠道走几遍。有一次她站在我家障子外，看着从暗渠流进菜地的水，微微一笑。

有时我去渠边挖些野菜，那里土地湿润，马道菜多，肥厚的叶子水分足，回家后剁碎，拌上苞米糠喂鸡。菜地的西面，有一道两米多高的榆树墙，那个地方蜻蜓多，我们大杂院的孩子常去那儿捉蜻蜓。

菜地种上秋白菜，这是最后一茬菜了。阴雨淋漓，涌动厚重的云，几天不见散开。菜地的白菜要开割了，很久听不到水泵声。平常上学时，孩子们穿越菜地，那儿的空气有草的清香味。下雨的日子，菜地的垄台被雨泡囊，走上去湿滑，鞋子沾满泥甩都甩不掉。榆树墙上的叶子枯黄，让雨打得四处飞落，夏天的情景留在记忆中。

我家的后园变得光秃，几棵茄秧落光了叶子，失去夏日的鲜活。有一天，我到邻居老丛家玩，跟小青走进他家的仓房，看到风筝挂在墙上。没有飞上天空的风筝，在阴暗的地方待了一夏天。骨架上糊的纸，裂出的长口子落满灰尘，长长的带子，早不知丢到哪去了。燕子目光锐利，有逼人的阴冷，我赶紧离开散发霉味的仓房。

望着天空，我想明年春天，做一只能飞上天空的风筝。

不久后，我放学回家，看到菜地一片狼藉，到处是被丢弃的白菜帮子，汽车轮胎和人的脚印，把菜地弄得乱糟糟的。泵房又上了大锁头，环绕菜地的水渠干涸，渠底铺着飘落的榆树叶子。

秋深了。早上醒来，窗上结满霜花，看不清外面的情景。母亲说道："下雪了，第一场雪就这么大。"我兴奋地爬起来，穿好衣服向屋外跑。

雪尽情地下，后园和菜地落满雪的地面，留下我在初冬的第一个脚印。

呼吸清冷的空气，胡同里响起人们走在雪地的吱嘎声。

冬天来到北国，漫长的冬天，给孩子们带来欢乐。

图书在版编目（CIP）数据
味觉谱 / 高维生著. —南京：译林出版社，2017.7
（老家的味道）
ISBN 978-7-5447-6953-2

Ⅰ.①味… Ⅱ.①高… Ⅲ.①散文集－中国－当代 Ⅳ.①I267

中国版本图书馆 CIP 数据核字（2017）第 142295 号

味觉谱　高维生 / 著

责任编辑　王振华
特约编辑　周正朗
装帧设计　Metis 灵动视线
校　　对　张兰坡
责任印制　贺　伟

出版发行　译林出版社
地　　址　南京市湖南路 1 号 A 楼
邮　　箱　yilin@yilin.com
网　　址　www.yilin.com
市场热线　010-85376701
排　　版　Metis 灵动视线
印　　刷　三河市延风印装有限公司
开　　本　960 毫米 ×640 毫米　1/16
印　　张　11.5
版　　次　2017 年 7 月第 1 版　2017 年 7 月第 1 次印刷
书　　号　ISBN 978-7-5447-6953-2
定　　价　22.80 元